蓝星诗库·典藏版

西川
的诗

西川 著

POEMS OF
XI CHUAN

人民文学出版社

图书在版编目（CIP）数据

西川的诗/西川著. —北京：人民文学出版社，2023
（蓝星诗库：典藏版）
ISBN 978–7–02–017843–8

Ⅰ.①西… Ⅱ.①西… Ⅲ.①诗集—中国—当代 Ⅳ.①I227

中国国家版本馆CIP数据核字（2023）第039691号

责任编辑　薛子俊　李义洲
装帧设计　陶　雷
责任印制　张　娜

出版发行　人民文学出版社
社　　址　北京市朝内大街166号
邮政编码　100705

印　　刷　北京汇林印务有限公司
经　　销　全国新华书店等

字　　数　155千字
开　　本　880毫米×1230毫米　1/32
印　　张　14.125　插页2
印　　数　1—5000
版　　次　2023年5月北京第1版
印　　次　2023年5月第1次印刷

书　　号　978-7-02-017843-8
定　　价　68.00元

如有印装质量问题，请与本社图书销售中心调换。电话：010　65233595

西川
1963 —

　　1963 年生于江苏徐州，1985 年毕业于北京大学英文系。系美国艾奥瓦大学国际写作项目荣誉作家、纽约大学东亚系访问教授、加拿大维多利亚大学写作系奥赖恩访问艺术家。曾任北京中央美术学院人文学院教授、校图书馆馆长，现为北京师范大学特聘教授。出版有诗集、散文集、译著、专著、编著等约三十部。曾获鲁迅文学奖、中国书业年度评选·年度作者奖、德国魏玛全球论文竞赛十佳、瑞典马丁松玄蝉诗歌奖、日本东京诗歌奖等。其诗歌和随笔发表于近三十个国家的报刊杂志，并有多语种译本行世。

出 版 说 明

新诗百年，现代汉语诗歌的面貌已经焕然一新。为繁荣社会主义文化，自1998年起，人民文学出版社推出"蓝星诗库"丛书，致力于彰显当代中国诗歌所取得的成就和具备的广阔可能。"蓝星"取自于天文学概念"蓝巨星"，这是恒星演变过程中的一个活跃阶段；丛书收录1960年代以来中国诗坛各个时期具有启发性、创造性、影响力的重要诗人及其代表作品。

"蓝星诗库"丛书问世以来，在同类图书中一直保有较高的口碑和市场业绩，且业已成为诗界的品牌出版物。2012年，我们优中选精，推出了"蓝星诗库金版"丛书；2023年是"蓝星诗库"丛书出版二十五周年，为回报作者和广大读者，我们决定推出"蓝星诗库·典藏版"丛书，对既往出版诗集进行一次全面梳理，并以新的图书形态奉献给读者。

有几点情况需要说明：一、此次新版，考虑到"蓝星诗库"丛书出版时间跨度的问题，并充分尊重作者意愿，对旧版诗集进行了不同程度的修订；综合图书版权等因素，部分诗集我们留待将来出版。二、"蓝星诗库·典藏版"将秉持"蓝星诗库"丛书一贯的遴选标准，严守门槛，开放出版，持续推出当代诗歌精品。

感谢诗人及其家属的信任，感谢广大读者朋友的厚爱，让我们共同努力，为推动当代中国诗歌的繁荣贡献自己的力量。

人民文学出版社编辑部

目　录

体　验

火车轰隆隆地从铁路桥上开过来
我走到桥下。我感到桥身在战栗。

因为这里是郊区，并且是在子夜
我想除了我，不会再有什么人
打算从这桥下穿过

1985.2

在河的那一边

在河的那一边
有一团火焰
一团火焰
燃烧了五月
又燃烧八月

槐花开的时候，长着老斑的教授向她鞠躬
枳花落的时候，风度翩翩的名门之后向她招手并微笑

然而她只在河的那一边兀自燃烧
像水底耀眼的红珊瑚
像一顶被大风吹飞了的红草帽

昨天我望见她时，她在望天空，一动不动
而今天她低下头来观看河流

若是阴天下雨，她会在河的那一边干些什么？

——她的火焰不会熄灭

一个诗人望见她
一个农民望见她
一个马克思主义者望见她
她在河的那一边，燃烧
燃烧了五月
又燃烧八月

1985.6

我居住的城市

我居住的城市用积木搭成
街道整齐，广场平坦，
房屋虽然低矮但它们却也排列缜密

我居住的城市没有人
风吹过门窗发出微弱而单纯的声响
太阳东升西落带动四季轮替
我居住的城市里只有灰尘

甚至我死了，色彩和光死了
也不会有一只手来推倒这座城市
它将永远存在下去
因为我居住的城市　没有人

1985.6

祁 连 山

祁连山
冰雪之山

冰雪的空城
孤独的摇篮

牧羊人的女儿
被掠进山去

三十年不孕
四十年回返

山下的父亲
撕裂了胸膛

半夜出门
向着群山高喊

祁连山

祁连山

冰雪的空城

孤独的摇篮

日月照耀

祁连山

苍鹰云里

漫盘桓

祁连山上

最后一个匈奴人

吹熄了油灯

冰雪里长眠

1985.7

高　原

旷地上的马匹舔着草根

希望它们长高（那些春天方能

苏醒的草），希望它们懂得

冬天的内容。在严峻的冬天

野兽难得一见，只有马匹在旷地上

低着头，仿佛梦中的行人

而升空的星宿毫不介意

大地上竟有如许的生物

那些马是在云层里，是在

海拔三千米以上的高空

大雁已飞尽，天上的河流已成冰

流传在高原上的民歌

唱着起义造反的嘎达梅林

这就是那一年窗外的风景

另一个地方在下雪

海棠枝上留有以往夏雷的伤痕

而在鄂尔多斯，一个从

南昌退伍归来的士兵

哼起小调，透过旅店僵裂的窗子

眺望旷地上沐着阳光的马匹

马背上一片雪亮。它们从黎明起

就和地平线保持着

一种独特的默契

形成了午后三点的宁静

1987.6

在哈尔盖仰望星空

有一种神秘你无法驾驭

你只能充当旁观者的角色

听凭那神秘的力量

从遥远的地方发出信号

射出光来，穿透你的心

像今夜，在哈尔盖

在这个远离城市的荒凉的

地方，在这青藏高原上的

一个蚕豆般大小的火车站旁

我抬起头来眺望星空

这时河汉无声，鸟翼稀薄

青草向群星疯狂地生长

马群忘记了飞翔

风吹着空旷的夜也吹着我

风吹着未来也吹着过去

我成为某个人，某间

点着油灯的陋室

而这陋室冰凉的屋顶

被群星的亿万只脚踩成祭坛

我像一个领取圣餐的孩子

放大了胆子，但屏住呼吸

1985.9，1988.1

洼　地

还有一片矮树林

需要蝙蝠点亮想象力

它把洼地与峭壁隔开

把渤海湾的夜色

推向心灵的深处

而咸涩的田垄上

最后一丝阳光温暖

白色的盐碱地问卦问卜

陷落在悠悠喘动的空气中

所有的意识

依靠一次震动倏然酿成

穿过洼地，短短的十分钟

将保持在世上的某个角落

我会永远记住

阳光下的鸟、盐、风

青春的侵袭

在我衰老的时日

想念一线幽光穿过洼地

投入树林那边的夜与海

泥沙满身的初春薄暮

三人同行，头脑中

洁净的木叶簌簌有声

1986.4

起 风

起风以前树林一片寂静

起风以前阳光和云影

容易被忽略仿佛它们没有

存在的必要

起风以前穿过树林的人

是没有记忆的人

一个遁世者

起风以前说不准

是冬天的风刮得更凶

还是夏天的风刮得更凶

我有三年未到过那片树林

我走到那里在起风以后

1986.5

山　中

巉岩上暮色欲凝

多余的暮色压到我的帐篷上

阳光踏石而过

但它闯不出这群山

群山以外是平原

我的四匹马在平原上走失

一本书已读到尽头

我感到孤独

平明时分我在帐篷外

感受沙砾打在水上的波纹

我的四匹马在四个方向

迎风流泪

四匹马暗红色的心房内

有火树银花霎时成为星座

1986.7

树　林

乡村的白杨树挺拔高大

叩击树干，它们发出浑厚的声响

有时它们被一堆篝火照亮

树叶振作起精神

树皮像蓝色的海水一样闪光

在那片林子里隐藏无数个世纪的乌鸦

从葱郁的树冠开始

天空延展，一望无垠

一种伟大的精神覆盖着它们

在它们身后，世界蓄满远古的安宁

一大片幽暗的林子

于我究竟意味着什么？

每回我从遥远的地方

凝视林中一堆篝火的灰烬

我都被它一阵感动

我就想走进那片树林将树干——叩响

听那神话般浑厚的声音在林中回荡

1986.11，2022.3

云　瀑

麦地尽头的云瀑，但丁的云瀑。

麦地尽头齐刷刷展开的苍灰的云瀑

挡住雷暴和惊恐

于是我的心头被抹去光华

我的整个童年丢失

我的整个童年是乌鸦眼里的一道亮光

但是我没有乌鸦的眼睛

在麦地的黄昏里我的眼睛久闭

被烟草吸干的味觉持久

如果我能因此而不朽

我甘愿做一个诗人，痛苦一辈子，

或者快乐一辈子

在麦地温和的黄昏里一直向前，

走近那道灰色的高墙和但丁握手

此外不和任何人相遇

1986.8

聂鲁达肖像

经常在一切终结

只有音乐黄昏般浮动时

我注意到

他的肖像挂在墙上

高山、野狐掠眼而过

巴勃罗·聂鲁达

开始注视

这间房子

它布满尘埃和格言

而我坐在那里

翻阅书报

和朋友聊天

一百次，太阳光临

而我总是错过时辰

而巴勃罗

则总像一个阴影

压着胖胖的下巴

搜索这间房子里

年轻的主人

当我困睡，又无法梦见

帆板和夏天

他为我写下诗歌

并悄悄地

摆到我肮脏的桌上

1986.3 在江河处见到聂鲁达肖像有所感

普 希 金

普希金，坐在

向日葵的花盘上

一粒

一粒

嗑葵花籽

秋天，秋天的火焰怎么样

红房子、老祖母的罗斯怎么样

自从天才拜伦

被希腊的雨水扼杀

十二月党人的

枪声渐歇

他落寞地闭上眼睛

骡子，骡子

要走大路

美丽的诗，诗

光彩黯淡是耻辱

可是女人，他的眼泡肿了

还能看见什么

升天的时辰已到

女人，他无可救药

1986.1　呼和浩特

读 1926 年的旧杂志

一页页翻过，疏散的枪声

远远越过枯竭的河流

发黄的广告竟魅力无穷

我无忧无虑地看那纸上的

夕阳陨落。我应该

回到那个时代，倾囊而出

买一支钢笔，或

一架嘎嘎响的风车

1926 年会有一个青年

翻阅更破旧的杂志

嘴里嚼着被战火

烤熟的花生米

在太平洋西岸

荒芜的花生地里，季风

吹得露水清澈

吹得诗人的草帽歪斜

很多事物需要慢慢咀嚼

甚至很多年，那些事物

依然新鲜

完全是我们身边的

昼与夜、我们脚下的

地板头上的屋顶

我在初春的窗下

读一本旧杂志直到黎明

1986.4

广场上的落日

那西沉的永远是同一颗太阳

——古希腊诗行

青春焕发的彼得，我要请你
看看这广场上的落日
我要请你做一回中国人
看看落日，看看落日下的山河

山崖和流水上空的落日
已经很大，已经很红，已经很圆
巨大的夜已经凝聚到
灰色水泥地的方形广场上

这广场是我祖国的心脏
那些广场上自由走动的人
像失明的蝙蝠
感知到夜色临降

热爱生活的彼得，你走南闯北

你可知夜色是一首

哀伤的诗，它虽已过时

却依然被无数次用力地书写

而落日依然照耀，就在广场西边

深红色的宫墙喁喁自语

忧郁的琴声破墙而出

广场上落下风筝和缎子鞋

我要暗中鼓励落日发出声响

让记忆的姐妹们

恰似向日葵般转动她们的金黄的面孔

她们就将分手，我就将沉默

啊，年轻的彼得，我要请你

看看这广场上的落日

喝一杯啤酒，我要请你

看看落日，看看落日下的山河

1986.8，1995.10，2012.4

受伤的野兽

受伤的野兽

来了又走掉

穿过迎春花丛

留下血迹

受伤的野兽

爱过我们，如痴如醉

我们也爱过它

爱得它流血

它走掉

带走一瓣迎春花

它留下的

是血色的脚印

印在树叶

和橄榄色的石头上

是美丽的迎春花

印在层岩中

受伤的野兽

带走一瓣迎春花

留下了

血色的黎明

1986.5

死　豹

棕黄色的豹子

尾巴敲打着落满青苔的

山岩，敲打着

我的手掌

它移动，像一座花园在移动

野生的葡萄珠

在风中滚动，而羞涩的

百里香射出苍白的光芒

没有运动的肉体

我们不能称之为肉体

这只年迈的豹子，轻柔地飘移

流水般疏懒，放松警惕

我听到水的泠泠声在我的手掌上

从它的脚下渗出在我的手掌上

水声激荡结疤的红霞

而它的眼睛里一片安详

现在，它要按自己的方式死去

让背上的花园

攫住一寸泥土开出绚烂的花

它的尾巴敲打山岩

敲打我大天使绿色的手掌

花呀水呀，山岩退后

幻影出现

它在我绿色的手掌上安眠

从此我据有一块琥珀垂挂腰间

而它本是大地的宝藏

                                    1986.5

在那个冬天我看见了天鹅

在那个冬天我看见了天鹅

大天鹅，背脊肮脏

在湖面回游，神色苍凉

远山倒地不起如众鸟敛翼

孤独的天鹅掀起翅膀

一夜大雪在它高尚的翅下堆积

在它寒冷的胸腔内，晨星

照耀另一只天鹅之死

另一只天鹅也曾将巨大的躯体

沉浸在水中攫取欢乐

但是预言的晨星出现，它

无法将歌唱延长过那个冬天

我的爱人轻轻叫喊　像鱼

撞着冰层轻轻叫喊

我看见了天鹅在那个冬天

1986.6

明媚的时刻

无比珍贵的是那明媚的时刻

在冬天的郁闷中回到我的心窝

在一座北方的城市

我被生活打垮

明媚的是一支香烟和一首抒情的歌

明媚的是少年那清纯的嗓子和他的吉他

明媚的是门前的一朵云窗前的一朵花

明媚的是街上滚滚而过的日光的洪流

明媚的是一个青年女子昂扬的头发

明媚的是你欢愉的飞翔

是你停落在黄昏

叫着我的名字

我听到这呼唤这呼唤令我向往

而我却远远地避立在梧桐树下望着你

在人群之中浮现又像影子一般消亡

是那春末的黄昏多么明媚

你和我擦肩而过多么明媚

你给我带来那即将降临的阵雨的感觉

我把这感觉带入十二月的黑夜

1987.1，1988.11

带着火柴登山

头脑里装满干草

带着火柴登山

带着你的幻影和采自秋天城市的

一片网络清晰的枫叶，啊，遥远

此刻在血橙闪耀的南方

你在给何人的家中拨着电话

手指触到铁如同我的心触到石头

我攀登褐色的山岭

我口袋里的火柴在伤心沉默

此刻在南方熙熙攘攘的夜市上

你遇见了谁？而我已走出

起火的住宅，我已穿过

雨中的街巷：你再也遇不到我——

于是我带着火柴登山

头脑里装满干草

像盘羊奔跑在月光下

我听到林间溪水的呜咽

是你把孤独变无形为有形

等我点起火，你在南方望见我这里

晨光熹微，没有人将这黎明抚摸

1987.8

我将回忆

我将回忆那壮丽的落日

我将回忆你的手

怎样驱赶傍晚的蚊蝇

（那时你年幼无知，不懂得爱情）

我将回忆你乌发的悬垂

靠近岩石，我将回忆你

胸膛内的沉静、你的聪颖

第一颗星星出现了，远处

一阵歌声撞着那金箔的树叶

而这是你的歌声

从你窄小的胸膛里飞出

像一片光明跃出冥暗的水面

将那六点钟的光阴留住——

我将回忆你闭上的眼睛。

天空滑行着瘦鸟

你的歌声温暖着太阳

靠近山顶，我将回忆你额头上的

夕晖，我将回忆

那壮丽的落日、你的侧影

（那时你年幼无知，不懂得爱情）

1987.5

佚　事

九月的牧羊人落叶满身

他与石头贴近他穿过萧萧枫林

他身后九只绵羊杂乱无章

他贴近绵羊他是绵羊的父亲

一个精神失常的人一个哑巴

一个不知寒暑的人流落乡村

九月到来他衣衫破烂

羊群上膘羊群感谢大地

只有人才把感谢挂在嘴边

哑巴无话，便成了大地上的风景

便成了雨中的路标佚事中的幽灵

盘桓在山岗和洼地

有时踩到人们的梦枕

那一日我追赶着云影在大山之南

我遇见他和他的羊群

他眼含惊恐我们相距不远
他把羊群点数他嗷嗷大叫
我退避一旁让出道路
闯入牧羊人的世界我有些愚蠢

　　　　　　　　　　　　1987.5

柏　树

有朝一日我将长眠不醒
再也看不到北方大地上的柏树

这些神秘的祈祷着的柏树
这些黧黑的漏雨的庙堂
这些僵立在灯心草上的燕子
这些油灯

有朝一日我将长眠不醒
而刮过柏树铁枝的风声保存在
一具尸体的心中

1987.5

拾　穗

我有过那种经历——

在刈后的麦田里拾取麦穗。

乌云翻滚着——

忍一忍吧，天空！

盲人闯进麦田，太阳披上蓑衣。

那时你们只是孩子，

世界的新一代。

一颗麦粒就可以把你们压垮，

而直起腰来的是谁，

看得更远些，不仅仅看到收获？

在刈后的麦田里谁是那

孤独的麦子？

我有过那种经历——

把杈子插进草垛，

把刀子捅进面包，

用钢针穿透蝴蝶的躯体；

大雨落下时我无法抗拒

麦芒扎进我的手指。

1987.6

在 乡 村

那个傍晚，雨一直落到麦田里。
辽阔的麦田，辽阔的雨声。
麦子，植物，生长不易觉察，
大地上的生命无不如此。
田野中的三株榆树陷入沉默，
如同父亲、母亲和孩子。

雨也落进附近岑寂的村庄。
瓦片上、窗台上雨声迭响。
若屋中有人，他必记挂着麦田，
拉开 15 瓦的电灯，不动。
而山岗上的灰山雀缩起肩膀，
在雨中自学起有关寂寞的知识。

一列货车驶入隧道汽笛长鸣，
仿佛一只困兽在黑暗中向前摸索。
等它开进真正的黑夜，

四面是田野，没有星光，没有月光，
雨也落在了它苍黑的背脊上。

1987.6

民　歌

陕北。黎明。从黑暗到黑暗的旷野。寒星。山峰构成的北方。黄河冲出草原所运来的浮冰。落差。忽悠一下的心。我起早赶路。小镇边缘坚硬的面孔。厄运。贴地飞行的第一只乌鸦。厄运。追踪猎物的跛腿狗。待发的长途汽车。睡眼惺忪的司机。一个小贩。两个农民。一个地方政府办事员。两个孩子和三个母亲。少许的炉火。咒骂和寒冷。岁月的语言。被征服的铁。异乡人随遇而安的感受。异乡人见机行事的愚蠢。门外的冬季。无人认领的羊皮。披着羊皮的狼。门外的风。一阵嘈杂的脚步。风中破碎的歌声。从绥德到吕梁。一个普通的日子。140华里的山区公路。第一道晨光。感动。我听到民歌。

我怀疑一切民歌都浸透了凌晨的寒冷；
在鸡啼声里，我怀疑一切民歌都道出了
大地深层的寂寞。

破败的庙宇一团漆黑。

绵羊梦见了早餐和交配。

而生长于大地的民歌

是星光下拒绝收割的田野。

一个嘶哑的嗓子在歌唱，以风声为间歇，

恰好被我听到，

我怀疑那是田野或山梁的嗓子；

我甚至怀疑自己是否真的听到了民歌，

因为在这样一个寒冷的凌晨，

没有人的面孔、胸腔和嘴；

因为当旭日东升，

什么歌声都不再飘扬，

只有一只铁犁，像一只高大的乌鸦，

兀立在田野。

1987.2，1989.2

乌　鸦

大墙外的田野一望无际
白雪甚至遮没了田野的边缘
向上抱拢的沙杨树挂住少许的雪
冻硬的树枝上残叶全无

不用细细点数
雪地里的七只乌鸦——清晰可辨
我有另一种观察事物的本领
仿佛我也睁着鸟的眼睛

那七只乌鸦在雪地上降落
彼此紧挨着，吮着清晨的寒冷
它们凭经验相信人的疏忽——
但风已把夏日的麦粒打扫干净

当它们感到背后的太阳已然上升
它们飞起又落下，稍稍散开，依然七只

不用细细点数

我有另一种观察事物的本领

1987.1

黑　鸟

一只呱呱叫着的黑鸟

一只在阴影中展开双翼的黑鸟

一片黑纸，一只攀着气流

向上飞去的黑鸟

越过冬季的城垣

越过荒疏的林带、冻结的烟

深红色的男人，整个冬天

在走廊的尽头徘徊

他梦见过这只黑鸟

像雪后黎明的一种声音

在时间之上，在理性之上

变得美丽，富于暗示

一只呱呱叫着的黑鸟

不是我们的隐衷所找到的形象

它有无上的青天

它与这世界无关

它是纯粹的一个错觉

因为白雪烧瞎了我们的双眼

1988.10

夜　鸟

残夜将尽的时候
是些什么颜色的鸟
掠过城市的上空

它们的叫声响成一片
它们离梦想近一些
它们属于幸福的族类

是些什么颜色的鸟
带着它们的秘密
和遗忘飞离

夏天树叶的声响
秋天溪水的声响
比不上夜鸟的叫声

我却看不到它们的

身体，也许它们

只是一些幸福的声音

1987.11

橡　树

他们把一切都拆毁了
他们留下这棵橡树

他们留下这棵橡树枝繁叶茂
他们留下了月光和尘土

我们的门板我们的窗户
就这样被统统拆除

一个老年人嘤嘤啜泣
这棵橡树把他留在记忆里

留在记忆里的橡树
幼年多么弱小而如今多么高大

留在记忆里的橡树
晨光挂满枝头晨光我们的财富

他们把一切都拆毁了
他们留下这棵橡树

月光浸透枝丫晨光埋入地下
记忆燃烧着记忆我们白了头

我们为橡树而伤感
我们是否要将房屋重建

他们把一切都拆毁了
橡树是否就是新世界的起点

1987.5

漂洋过海

你在深夜的歌声可以漂洋过海

像夜可以漂洋过海

给另一片大陆带去黑暗

让灯火全亮着

像蝴蝶可以漂洋过海

给一个小儿麻痹症患者带去春天

海的那边纱门背后

我肯定某人乐于聆听你的歌声

它漂过灾难之海

语言之海，总可以找到

一块落脚的地方

或是一只木桶，或是一座钟楼

或是像今夜我的一张空白纸页

1987.3

我在雨中对你说话

现在狂风震撼着旷野

我们的城市在旷野中越发孤零

在这样的时刻，我们易为暴力所激

倾向于冒险；今夜是我们

升天的时候吗？现在天空布满乌云

现在死去的人混迹在我们中间

像婴儿一样重复着暗语

你不知道生命何其脆弱

而脆弱的生命被怎样的光辉包裹

现在大雨借着狂风冲刷我们的夜色

我越是远离你越能呼吸到

你的存在。我的帽子丢了

任凭头发倒伏在思想上

我在雨中对你说话，告诉你

我一个人行走在一座旷野上的城市里

告诉你我所看到的灯光和汽车

今夜是我们升天的时候吗?

我仿佛看到你在黑暗中爬起身来

拉开电灯：风暴已然过去

现在你是另一场雨落在我的心中

1988.5

母亲时代的洪水

盘滞于山间林木上的云块

有着夏天的矢车菊的色彩

从集市上空飘流而过的云块

用阴影将你起伏的家乡遮盖——

你还从未见过那么多的人，在集市上

他们有如一枚枚黑色的花朵

（我得用咒语来解除咒语，用爱来启发爱）

他们无法将你藏匿在高粱地里

于是他们让你自己去把"幸福"找来

母亲，你的青布小褂是否与

蓝天有关？在席棚与席棚之间

我能想象出你通红的小脸

那个说书艺人的乡音多么浓重啊

那些欢快的情节让你忘情地激动

而当你远远望见一座黑山昂着危险的头颅

向集市压来，你是怎样地惊慌

因为你看见所有的人陷入惊慌之中
母亲，那时你对自己说过些什么

泛滥的大汶河水怎样吞没那陋巷里
蜗牛银灰色的行迹？
一个钱袋空空的人又是怎样
丢失了他那将永远空空如也的钱袋？
告诉我，母亲，一片汪洋怎样替代
黑色的泥土？运送冷雨的南风
掐灭了灯，一双眼睛就失去了作用
告诉我那天塌地陷的七天七夜
带来了什么？改变了什么？

那些纷纷落水的勇健的男子
必将像木头一般漂浮
一扇容纳死亡的铁打的大门
必将关闭在最后一个落水者的身后
你变得那般轻，压不弯一根树枝
系命于一根细嫩的枝丫
像一朵杏花开放在灾难的夜晚
当你在绵绵的雨水中认识了赤裸的自己
母亲，那时你对自己说过些什么？

所有的惊慌由你自己来抚慰

所有惶恐的问话由你自己来回答

熟悉各种命运的人

有一种命运熟悉他

你在生命的劫难中看见洪水

看见流星，看见在墙壁上挤灭烟头的老人

被一声绝望的呼喊带向另一块土地

那救你到高地上的男孩

是不是我精神的父亲？

现在你来谈谈你自己

母亲，那时你对自己说过些什么？

一艘沉没中的巨大的木船顺流而下

一间存放识字课本的房子顺流而下

随着呼喊与呼喊，七个白天与七个黑夜

顺流而下，我是在你的细胞里醒来

外面淫荡的蚂蚁嗅着水的白色的纹迹

从南风中，你抓住一粒真实的种籽

母亲，那时你对自己说过些什么？

1987.1，1988.3

上锁的房间

我愿在风暴之夜独自打开
我身旁这孤零零的上锁的房间

我会找到一截蜡烛、一盒火柴
一道令人颤抖的精神闪电

五百米以外石头沉入大海
山岩上一只栖鸟靠本能活到今天

是的，大海就在近旁，在风暴之夜
我愿听着涛声，把蜡烛点燃

在陆地上书写生命的太阳
也书写下万物的死期

但我是走向大海的年轻人
历经磨难之后我将羽翼丰满

三声叩门回荡在我的额头

潮水像无数只海龟跃上沙岸

这夜间的蜂箱，这古旧的船舱

这被遗忘的门板正好对称那明月高悬

我愿在风暴之夜独自打开

我身旁这孤零零的上锁的房间

1987.9

把羊群赶下大海[①]

请把羊群赶下大海，牧羊人，
请把世界留给石头——
黑夜的石头，在天空它们便是
璀璨的群星，你不会看见。

请把羊群赶下大海，牧羊人，
让大海从最底层掀起波澜。
海滨低地似乌云一般旷远，
剩下孤单的我们，在另一个世界面前。

凌厉的海风。你脸上的盐。
伟大的太阳在沉船的深渊。
灯塔走向大海，水上起了火焰
海岬以西河流的声音低缓。

---

① 曾见有人说羊是怕水的动物，不可能走到海边。但本诗所
写情景为作者亲见，地点在山海关造船厂附近，时在 1984
年夏季。——西川，2012.4

告别昨天的一场大雨，

承受黑夜的压力、恐怖的摧残。

沉寂的树木接住波涛，

海岬以东汇合着我们两人的夏天。

因为我站在道路的尽头发现，

你是唯一可以走近的人；

我为你的羊群祝福：把它们赶下大海

我们相识在这一带荒凉的海岸。

                                    1987.9

海边的玉米地

当年骑马下海的人必曾穿过这一片
风铃激越的玉米地：他的鞭子垂下
他的头发丝丝向后，知道大海近在咫尺

海边的玉米地呀海洋寂寞的一部分
种植玉米的手业已停止工作
玉米的根有可能已忘记了那些播种者

常年倾听蓝色海洋的白色波涛
高过人头的玉米也一株株向后倾倒
更大的空间让给海风，玉米的黄金闪耀

我点烟，我在风中长时间站立
就像下凡的神仙需要肉体的爱情
我想人类最终需要永恒的休息

辽阔的风景，一条小路洞穿黎明

当年骑马下海的人必曾看见一个个敌人

倒下，而玉米头碰着头，窃窃私语

1987.9

遗　物

向往大海的新娘，告诉我去何方
寻找你那颗蓝宝石的心脏
你那胡桃的眼睛、丁香的肩膀
你那思想的花朵、深沉的胸房

当渔妇们的手臂上爬满鸣蝉的时候
当屋顶上千百只小鸟睡眠的时候
大海的宁静深入太阳，你向往
大海的新娘在那一块巨石上冥想

哪一首诗中的大海自古存在
什么人把你抱上了波涛的大床
神秘的首饰匠已收拾好东西离去
他不再把金银敲打得丁丁当当

属于梦想的人只应在梦想中躺下
我听到你的喘息，大海上空空荡荡

你遗落的戒指被我弯腰拾起

在黄金海岸，我将它仔细端详

1988.9

日光下的海

转向大海的面孔被阳光照耀
那些满脸雀斑的孩子——

那些兜售海螺和风景画片的孩子
转向大海的面孔被阳光照耀

夏天转瞬即逝，海水爬上屋顶
雷声远遁，你家中的蚂蚁成群

一只漂流瓶中没有书信
一船水手已在海洋的风暴里安息

透过松林的褐色虬枝常青针叶
你远眺大海上波光粼粼

现在他们是鲨鱼和旗鱼的食品
他们是墨迹模糊的航海日志

在灵魂的居所，炉火锻造

黑铁的棕绳、远征的信天翁

而在他们梦中的家园，海口附近

低矮的建筑袒露一片泥土的柔情

多少次你遇见满脸雀斑的孩子

手中擒着海螺和风景画片向你致意

他们微笑着；在这无声的微笑背后

河流正向大海无私地奉献

1987.10

旷野一日

完整的旷野上只有冬天
我们畏惧的豺狼踪迹杳然
大风呼啸而过，如同绕过两块人形石头
拥向一次没有主人的盛宴

跟随我，否则你会感到孤单
与我一同高喊，
让寒冷逼人我们体内最黑暗的部位
为黑暗带去应有的尊严

在这飞鸟遗落的一天，跟随我走向大地的讲坛
在浓缩的太阳底下，消除我们冗长而嘈杂的怀恋
你必须懂得服从后来者的安排
大地的沉默中包含着非理性的沉淀

看那些灌木，与旷野保持着默契
而一个人却需要为此付出

超出一个人所能拥有的全部热情

才能安身在这旷野：单调又无限

我脚踩单调和无限——

万物衰老，我加入其中，我也许在其中最黯淡

草籽中的黎明你无法叩问；一个人意味着一个困难

而你将对此慢慢习惯

你将看到我让出我自己

是为了在旷野上与冬天相遇

是为了弥补头脑的损失

是为了在大地空阔的讲坛上　沉默无言

1988.5，1989.1

星

这是黄昏的奉献：唯一的星
这是唯一的矿石，在草地上空
树木不多不少，却越来越暗
我怀中的尘土温暖
夏季使我茂盛

冲天的霞光奋力辉煌
一万个黄昏消失在远方
在无人把守的路口，被遗忘的神祇
像农民一样闪现，深深的皱纹
刻满他长庚星的面孔

惊呼，不必。自责，不必。
面对这一片无私的夏季
别在这时感叹神话的牺牲
一个陡然成长的男孩代替我们沉思
一个有缺点的少女上升为神圣

太阳照亮大地，星星照亮心灵

象征命运的鸟群驮着星辉

越过有风的山岗

入夜的人们睁大了眼睛

星星虽不歌唱，世界却在倾听

1989

风

风终将吹来，启示命运
风的马、风的鹰，昨夜已在
我的梦中张挂了风铃
夏季疲倦于干渴，风终将吹来
有人已将蜡烛端出居室
有人已在娓娓低语，讲述天堂——
一阵风

一阵风将在人间吹起波澜！
把固执的雪莱吹得哗哗作响
把老鼠们吹得翩翩起舞
一阵风将用力推开
鳏夫的房门，邀他登高望远
望见心花怒放的姑娘
走在风中

对于收藏岁月的孩子，风是

崇高的帮助：吹落父亲的账本

母亲的信札，让他弯腰拾起——

风终将吹来，当夏季结束

我们这些穷人将啜饮

一杯清水，阅读一部描写风声的

书籍

1989

云

云是妄想，是回忆，是绝望，是欢乐

是负伤的大地开放的百合

是神性的花园（飞鸟在那里筑巢）

是被遗忘的和平，天使们堆放的麦垛

是你情人的内衣，发着清香

是你未来的家宅（现在住着蝴蝶）

是虚无，提升我们灵魂的大手

是美丽，激励我们感官的祖国

穿过仄窄幽寂的走廊

你望见云城在上，大地辽阔

幸福使人喑哑，一个长发披垂的人

在云下放走灵魂；他是否理解

今天他不是生活中的一个？

在那历史的第一个下午，也有这样的云

洁白、温暖、被阳光照透

也有这样的云影诡秘地徘徊于

公社的马厩和酋长的头顶

你望见孔子的云、苏格拉底的云

而圣哲的遗言只有一句：

尽管人类天生没有翅膀，但不要申诉

当云光移近，你最好保持沉默

1989

雪

雪的本意是纯洁，而它所带来的
是缺少：缺少星光
缺少嘚嘚马蹄响在寒冷的街巷
缺少一个鼻子通红的故人
来自长安或更远的地方

劈啪作响的炉火加深了寂静
灵魂有了深度，像一口井
如果有人敢于向其中探视
他不会照见自己
另一张面孔会叫他吃惊

覆盖万物的雪也旋舞在万物之上
像一首肃穆的乐曲
被围困的勇士眉毛结冰
头发灰白，进入了
我们称之为"黑暗"的广大领域

雪带来了缺少，对此
炉火低声吟唱着它的歌
黎明无声地萌动，你的耳朵里
只有雪——你还从未见过
一个雪里送炭的人

1989

黄昏三章

1

云阵带着尘土从高高的塔吊上飘过
俄罗斯风格的建筑门厅高大，飞进乌鸦
夕阳重复一遍：它是美的，与梦想契合
霞光铺在街上请不要挽起袖子擦洗

请不要，请不要问我为什么
离开晨光
一个消失在众人之中的家伙
大家都在寻找着他
祝他万事如意

缓缓的歌声飞出小教堂的彩窗
心灵的边缘一带远景荒凉
这是秋天的第八个黄昏
松鸡拔着羽毛，青春隔河相望

一柄刮胡刀传到了儿子的手上

2

望见群山，望见群山下的家园

抬高灵魂的位置

望见生命的最后一站

当久逝的歌声重又传来，红色的波斯菊

在远方聚首，犹如内心的景色

被众鸟的合唱队再度点燃

这时你望见群山的第一片落叶

啊，秋天的大地向晚

在城市的尽头展开旷野

在旷野的尽头矗立群山

在迎向群山的高处

楼顶的窗子或大桥拱起的桥面

阳光抚摸着逝者的手

他们白色的身影在轻颤

而你的骨头是凉的；在盛大的阴影内

凉风已吹刮了多年

3

大风吹来的傍晚，门窗动荡
在迎面而来的秋天
我望见异样的塔楼、灯光和广场
似乎这个傍晚我只是偶然碰上
偶然的人群跑过草地，偶然的心境
聆听一个盲人的偶然的琴音

大风吹来的傍晚灵魂动荡
多少面孔争相浮现，又急忙躲藏
唯有鸽子乳白色的胸脯在风中闪光
我聆听着一曲
来自心灵深处的音乐
服从它的指引，在黑暗中缅想

作为一种光线，我们就是历史
这一页已经翻过
我要写下尽善尽美的诗篇
我要养育尽善尽美的孩子

1987，1989

黑　暗

遥远的黑暗是传说，漫长的黑暗是失眠
举火照见了什么——
照见黑暗无边

黑暗无边，光明只是它的顶点
痛苦的深渊，魔鬼的小船
你在黑暗中歌唱只会给魔鬼壮胆

强盗相遇，流出黑暗的血
大厅里挤满灵魂
也就挤满了黑暗——

噢黑暗，从不缺少
疲倦的女士、汽车和狗
但你举火照见的只能是黑暗无边

黑暗的风，黑暗的旷野

抬手打落鸟巢

大河在雨中冒险

是什么构成这历史——这个蒙面人

昨夜露宿在耶路撒冷

今夜已翻越过帕米尔高原

他带来盲目的力量

摧毁星星的堡垒

也把繁殖和疯狂隐瞒

但你举火照见的只能是黑暗无边

留下你自己，耳听滴水的声音

露水来到窗前

                                        1989

房　屋

多少次计算

得出一座城市——

长乘宽再乘高

多少爱，多少努力，多少恐惧

砌成窗台和门

并在房屋之间留下街道

房屋上加房屋

等于祈祷上加祈祷

一个传说中的国家在睡觉

今天我走在街道上

经过这些

鳞次栉比的房屋

像一匹马

穿过汉代的采石场——

它有着老年司马迁的风貌

这就是地上长出来的一座城市
屋顶发黑
被雨打风吹

这就是太阳的照耀
预感到春天的房屋
梦见太阳的两只大脚

今天我走在街道上
权衡利弊，不忍心将这些房屋
一笔勾销

它们与古老的神龛
有相似之处——
生命需要空间

在静如大地的屋顶下面
多少代人死去了
而人类却从未减少

1989.10

饮　水

我在凉爽的秋天夜晚饮水
不是出于需要，而是出于可能
一杯清凉的水
流遍我的全身，整个的我
像水一样流遍大地

一杯清凉的水犹如一种召唤
多么遥远，远过
太阳系里最晦暗的星辰
在这凉爽的秋天夜晚
一杯清凉的水使我口渴

多年以来我习惯于接受
生活的赐予太丰富了
有时像海水一样，不能喝
但是在这凉爽的秋天夜晚
我可以饮下墨水、泥沙和星辰

探向水槽的马头

在水面停住；沉入水池的小鸟

被水所吸收

我像它们一样饮水

我重复的是一个古老的行为

回溯上亿年的时光

没有一场风暴经久不息

宁静远为深刻

像这水；我饮下的是永恒——

水是生命，也是智慧

1989.10

杜　甫

你的深仁大爱容纳下了
那么多的太阳和雨水；那么多的悲苦
被你最终转化为歌吟
无数个秋天指向今夜
我终于爱上了眼前褪色的
街道和松林

在两条大河之间，在你曾经歇息的
乡村客栈，我终于听到了
一种声音：磅礴，结实又沉稳
有如茁壮的牡丹迟开于长安
在一个晦暗的时代
你是唯一的灵魂

美丽的山河必须信赖
你的清瘦，这易于毁灭的文明
必须经过你的触摸然后得以保存

你有近乎愚蠢的勇气

倾听内心倾斜的烛火

你甚至从未听说过济慈和叶芝

秋风，吹亮了山巅的明月

乌鸦，撞开你的门扉

皇帝的车马隆隆驰过

继之而来的是饥饿和土匪

但伟大的艺术不是刀枪

它出于善，趋向于纯粹

千万间广厦遮住了地平线

是你建造了它们，以便怀念那些

流浪中途的妇女和男人

而拯救是徒劳，你比我们更清楚

所谓未来，不过是往昔

所谓希望，不过是命运

1989.10

需　要

孤独的劳动者

需要孤独的成果

乞丐的盘中

需要一块面包

如同剧场里

需要一个人的低语

黎明的树林

需要一只老虎的咆哮

伟大的诗歌

需要伟大的读者

伟大的国家

需要伟大的人民

如同粗心的鹰

需要睡眠的岩石

你短暂的一生
需要三件家具

现在冬天
已随黄昏到来
哭泣的日子
有了大自然的衰败

窗户需要窗外的
阳光或阴霾
我心灵的天空
需要一片冬天的云彩

1988.1

秋　天

大地上的秋天，成熟的秋天
丝毫也不残暴，更多的是温暖
鸟儿坠落，天空还在飞行
沉甸甸的果实在把最后的时间计算

大地上每天失踪一个人
而星星暗地里成倍地增加
出于幻觉的太阳、出于幻觉的灯
成了活着的人们行路的指南

甚至悲伤也是美丽的，当泪水
流下面庞，当风把一片
孤独的树叶热情地吹响

然而在风中这些低矮的房屋
多么寂静：屋顶连成一片
有所预感，便有所承当

1990.1

大　雪

人性收起他眩目的光芒
只有雪在城市的四周格外明亮
此刻使你免受风寒的城市
当已被吞没于雪野的空旷

沉默的雪，严禁你说出
这城市的名称和历史
它全部的秘密被你收藏心中
它全部的秘密将自行消亡

而你以沉默回应沉默——
在城市的四周，风摇曳着
松林上空的星斗：那永恒的火

从雪到火，其间多么黑暗！
飞行于黑暗的灵魂千万
悄悄折返大雪的家园

1990.4

黎　明

在黎明的光线里，在被
迎头痛击以前，众鸟恢复记忆
高歌美丽的伙伴

在黎明的光线里，在被
迎头痛击以前，羊群有了机会
溜出肮脏的羊圈

有人在黎明的光线里
说话："火就要灭了，有点儿冷
而太阳即将升起"

而在太阳升起以前
晦暗的树林里刮着风，这是
梦，这是夜雨的杯盏

这是神的唯一的通道

无论他是否已经通过，他没有
别的道路走向生活

走向旷野那边暗喜的灯
残暴国王的酒窖、荒凉的大海
在太阳升起以前

是黎明漫过了篱笆
是的，是黎明使万物高大
而新的灾难在哪里？

这里有流星击毁房屋
这里有影子压碎花朵，而无涯的
寂静是命运的礼物

这里有一个男孩梦遗之后
从草垛上爬起，在黎明的光线里
在被迎头痛击以前

1990.6

眺　望

对于远方的人们，我们是远方
是远方的传说，一如光中的马匹
把握着历史的某个时辰——
而在我们注定的消亡中
唯有远方花枝绚烂，唯有那
光中的马匹一路移行，踏着永生的
花枝，驮着记忆和梦想

使生命与远方相联
超越这有限的枯枝败叶
为孤独找到它自言自语的房间
今天，让我们从这平台远眺
眺望那明朗的九月
逐渐退缩的影子，在海水下面
在灵魂不灭的马匹的天堂

天空色彩单一的胜景

我们理应赞美，就像一切
知晓真理的人们深情地歌唱
他们确曾在风中感受过风
他们确曾被飞鸟所唤醒
今天，天空空无一物，一鸟飞过
什么东西比这飞鸟更温柔？

我们已经出生，我们的肉体
已经经历了贫困。内心的寂静
是多大的秘密，而隐蔽在
那九月山峦背后的又是什么？
使生命与远方相联，使这些
卑微的事物梦见远方的马匹
我们正被秋天的阴影所覆盖。

1990.8

为海子而作

你没有时间来使一个春天完善，
却在匆忙中为歌唱奠定了基础。
一种圣洁的歌唱足以摧毁歌唱者自身，
但是在你的歌声中，
我们也看到了太阳的上升，天堂的下降，
以及麦子迎着南风成熟，
以及鹰衔着黑夜飞过姐妹们的田垄。

泪水。霞光。远远的歌声。
天光变暗，姐妹们回到她们赖以生存的房间。
星体向西，一个哑巴寻找知音
来到我们的世界。他所看到的
是旧火添新柴，灰烬在增加
我们一生的收获
必将少于这一夜的丧失
一个自由而痛苦的声音归于静默

一个自由而痛苦的声音归于静默

汇入更大的静默，正为黑夜所需求

万物发展它们幽暗的本质

迎来你命中注定的年头。这一年

岩石的面孔露水丰盈，被你触摸

而你的死却不是死而是牺牲

而你的静默却不是静默而是歌唱

改变了！肉体所能做到的仅此而已

灵魂了结了恨而肉体浑然不知

于是半夜睡在麦地里的人

将成为粮仓里的第一颗麦粒

白天走在大路上的人

将听到神灵在高空的交谈

于是在桃花、火把的引领之下

灵魂有了飞翔的可能

携带着人间屈辱的雷电

于是在这一个秋雨绵绵的黎明

我又一次梦见你，一个少年

两手空空拍打天使肮脏的岩石

用歌唱的嘴唇亲吻故乡贫瘠的泥土

而此刻，你应当回到你那焚烧着印度香的小屋

爱上一个姑娘，结婚，堕落

并在闲暇时写作一个天才的绝望

荒凉的大海，震荡在远方

天空深邃，望不见天堂。

一片广阔的麦地，一个孤独者死去

一个孤独者的黄昏，浸透了霞光

那时谁曾在你耳边低语，说时间到了？

谁曾在你眼前浮现，

为你开辟了那黑夜的通途？

啊，时间到了——

在时间的尽头，曙光向你致敬

1990.9

为骆一禾而作

我打碎街灯让黑夜哀悼

我锤击铁钉让木头呻吟

死亡对于死者是一个秘密

被带进泥土，我惊讶地看到

茑萝和棵巴草长得疯狂又柔情

一场大雨即将扫过水塔和阳台

一只蚊子在我体内无休止地飞动

孩子们把水搅得哗哗作响

半夜敲门的多半是幽灵

我们的负担加重了——

一些古老的迷信得到印证

你的躯体被盖满鲜花，仿佛你

还能爱，还能呼吸，还能把口哨吹响

但你的大脑像一艘红色的沉船

对你的火葬你不置可否

死亡使你真实，却叫我们大家

变得虚幻：我们说"死者升天"

意思是生者还要赶路

一个貌似你的人使我大吃一惊

被打断的生活：空白的笔记本。

被打断的写作：扔进废纸篓的诗。

另一个世界的月光

照耀另一个世界的麦穗

等待死刑的鸽子第一次有了笑声

啊，为什么我会梦见你在车库里安家

那里幽暗无光，油渍遍地

你睡在蒙着白色床单的单人床上

醒来发现床前聚集着一群人

我怀念你就是怀念一群人

我几乎相信他们是一个人的多重化身

往来于诸世纪的集市和码头

从白云获得授权，从钟声获得灵感

提高生命的质量，创造，挖掘

把风吹雨打的经验转化为崇高的预言

我几乎相信是死亡给了你众多的名字

谁怀念你谁就是怀念一群人

谁谈论他们谁就不是等闲之辈

或许那唯一的诗篇尚未问世
或许已经问世了只是我们有眼无珠
眼见得另一个世纪就在眼前
幸福往往被降低到平庸
一个粗通文墨的时代。
一种虚幻的时代精神。
在乌鸦和秃鹫的夜晚，我把头发
交给乌鸦，我把眼睛交给秃鹫
我把心脏交给谁？

现在河水回落了，一块块卵石
高出水面；现在暖瓶空了
空空的暖瓶里回荡着大海的潮声
这些围绕着我们的事物
也曾经围绕着你，它们不得不
放弃希望，牢记沉默是自我修行
或者如古老的宗教所说
要等待另一个轮回，等待另一个你
来触摸它们，解除它们的囚禁

1992.10

你的声音

这是花朵开放的声音
伴随着石头起立的声音
这是众鸟归林的声音
伴随着星星陨灭的声音——

黄昏悄悄进门,门外
有人喝水。他喝水的声音
越来越大,终于
被雨的声音所代替——

潮湿的夏季已经到来
嘹亮的歌声怎能再次重温?
一场大雨下到深夜
黑暗里,这是你的声音——

像青春一样消失的人啊
今夜你将在哪里安身?

在花蛇躲过了马灯的地方
你会踩到草间稀烂的人屎——

而哪一座村庄的上空
会有你的笑声传过？
或许你偶然回身向我
我看到烛焰升高了一寸——

闪电照亮空旷的远方
一辆马车在雨中奔驰
闷闷的马蹄声，半睡的车夫
他的破雨衣我恍惚认识——

聚向心头的黑暗
使我难眠今夜
倾听这雨的声音
错认为是你的声音——

1990.6

暮　色

在一个幅员辽阔的国家
暮色也同样辽阔
灯一盏一盏地亮起
暮色像秋天一样蔓延

亡者啊，出现吧
所有的活人都闭上了嘴
亡者啊，在哪里？
暮色邀请你们说话

一些名字我要牢记
另一些名字寻找墓碑
无数的名字我写下
仿佛写出了一个国家

而暮色在大地上蔓延
伸出的手被握住

暮色临窗，总有人
轻轻叩响我的家门

1991

一个人老了

一个人老了，在目光和谈吐之间，
在黄瓜和茶叶之间，
像烟上升，像水下降。黑暗迫近。
在黑暗之间，白了头发，脱了牙齿。
像旧时代的一段逸闻，
像戏曲中的一个配角。一个人老了。

秋天的大幕沉重地落下！
露水是凉的。音乐一意孤行。
他看到落伍的大雁、熄灭的火、
庸才、静止的机器、未完成的画像，
当青年恋人们走远，一个人老了，
飞鸟转移了视线。

他有了足够的经验评判善恶，
但是机会在减少，像沙子
滑下宽大的指缝，而门在闭合。

一个青年活在他身体之中；

他说话是灵魂附体，

他抓住的行人是稻草。

有人造屋，有人绣花，有人下赌。

生命的大风吹出世界的精神，

唯有老年人能看出这其中的摧毁。

一个人老了，徘徊于

昔日的大街。偶尔停步，

便有落叶飘来，要将他遮盖。

更多的声音挤进耳朵，

像他整个身躯将挤进一只小木盒；

那是一系列游戏的结束：

藏起失败，藏起成功。

在房梁上，在树洞里，他已藏好

张张纸条，写满爱情和痛苦。

要他收获已不可能

要他脱身已不可能

一个人老了，重返童年时光

然后像动物一样死亡。他的骨头

已足够坚硬，撑得起历史

让后人把不属于他的箴言刻上。

1991.4

夕光中的蝙蝠

在戈雅的绘画里，它们给艺术家
带来了噩梦。它们上下翻飞
忽左忽右；它们窃窃私语
却从不把艺术家叫醒

说不出的快乐浮现在它们那
人类的面孔上。这些似鸟
而不是鸟的生物，浑身漆黑
与黑暗结合，似永不开花的种籽

似无望解脱的精灵
盲目，凶残，被意志引导
有时又倒挂在枝丫上
似片片枯叶，令人哀怜

而在其他故事里，它们在
潮湿的岩穴里栖身

太阳落山是它们出行的时刻
觅食，生育，然后无影无踪

它们会强拉一个梦游人入伙
它们会夺下他手中的火把将它熄灭
它们也会赶走一只入侵的狼
让它跌落山谷，无话可说

在夜晚，如果有孩子迟迟不睡
那定是由于一只蝙蝠
躲过了守夜人酸疼的眼睛
来到附近，向他讲述命运

一只，两只，三只蝙蝠
没有财产，没有家园，怎能给人
带来福祉？月亮的盈亏褪尽了它们的
羽毛；它们是丑陋的，也是无名的

它们的铁石心肠从未使我动心
直到有一个夏季黄昏
我路过旧居时看到一群玩耍的孩子
看到更多的蝙蝠在他们头顶翻飞

夕光在胡同里布下了阴影
也为那些蝙蝠镀上了金衣
它们翻飞在那油漆剥落的街门外
对于命运却沉默不语

在古老的事物中，一只蝙蝠
正是一种怀念。它们闲暇的姿态
挽留了我，使我久久停留
在那片城区，在我长大的胡同里

1991.2

十二只天鹅

那闪耀于湖面的十二只天鹅
没有阴影

那相互依恋的十二只天鹅
难于接近

十二只天鹅——十二件乐器——
当它们鸣叫

当它们挥舞银子般的翅膀
空气将它们庞大的身躯
托举

一个时代退避一旁，连同它的
讥诮

想一想，我与十二只天鹅

116

生活在同一座城市！

那闪耀于湖面的十二只天鹅
使人肉跳心惊

在水鸭子中间，它们保持着
纯洁的兽性

水是它们的田亩
泡沫是它们的宝石

一旦我们梦见那十二只天鹅
它们傲慢的颈项
便向水中弯曲

是什么使它们免于下沉？
是脚蹼吗？

凭着羽毛的占相
它们一次次找回丢失的护身符

湖水茫茫，天空高远：诗歌

是多余的

我多想看到九十九只天鹅
在月光里诞生！

必须化作一只天鹅，才能尾随在
它们身后——
靠星座导航

或者从荷花与水葫芦的叶子上
将黑夜吸吮

1992.2

书　籍

应当用火把照亮书籍，像印加人
用火把照亮他们的城市

石砌的城市，火把照亮它的
织物、长矛和金银器皿

这些时间用以表达自身的东西
从敌对到团结，把命运的秘密揭开

像赫拉克利特与柏拉图
被春天的同一只蜜蜂吸引

"所有的书是同一本书"
女性化的雪莱几乎这样说道

所有的错误是同一个错误

像托勒密①探索大地与星辰

通过精确的计算
得出荒谬的结论

书籍构成了比书籍更大的空间
大火熊熊将断送它自己

秦始皇出没于图书馆的夹道
而阿尔德斯·赫胥黎②

一个被大火剥夺了往昔的人
在伤感的倾诉中提炼了余生

---

① 克罗狄斯·托勒密（约 90—168），天文学家、地理学家。生于埃及，父母均为希腊人。曾长住亚历山大城。著有《天文学大全》，认为地球居于宇宙中心，行星围绕着本轮中心运动，而本轮中心又跟着均轮围绕地球运动。这部著作在欧洲中世纪被奉为天文学的权威著作。

② 阿尔德斯·伦纳德·赫胥黎（1894—1963），英国作家。著有著名的反乌托邦小说《美丽新世界》。晚年家中曾经失火，手稿、书籍尽失。他因此感叹自己成了一个没有过去的人。其祖父托马斯·亨利·赫胥黎，系捍卫达尔文进化论的著名生物学家。

我看到沉睡的玫瑰

灰尘落满（死亡还能怎样）

巍峨的书架被压弯

不堪那沉睡的千万个灵魂

我与千万个灵魂同居一室

像退隐在心灵的火把下

寂静，否定的因素，说呀——

我打开一本书，一个灵魂就苏醒

一座我从未走进的城市

走着我从未见过的女人

一个我从未进入的黄昏

奋斗终生的吝啬鬼奄奄一息

奥赛罗的愤怒、哈姆雷特的良心

随意说出的真理、抑郁的钟声

我阅读一个家族的预言

我看到的痛苦并不比痛苦更多

历史仅记录少数人的丰功伟绩
其他人说话汇合为沉默

1991.6

预　感

我把明镜高悬于四壁
你把乌云引进大门

你把乌云下的城市引进大门
镜中的城市贴满标语
你把乌云下的乡村引进大门
镜中的乡村闪耀着火炬

镜中的鹰、镜中的马
被大雨浇淋从而熟知苦难
我的明镜拒绝苦难
而你又从炮火中引来了狮子

你又从思想中引来了黑夜
你又从苦闷中引来了风
你把风引进大门
它敲着明镜：我祖先的明镜

它带来陌生者的浩叹

我从这浩叹听出灵魂的不朽

你把灵魂引进大门

我为他们安排下歇脚的床铺

我也为你安排下稻草一堆

我要用明镜把你捉住

让你在睡眠前梳妆打扮

让你把睡眠引进大门

没有睡眠，没有睡眠的

剪刀、墨水和茶杯

明镜映照最后的晚餐

你把晨光引进大门

1991.7

最初的工业

黑夜降临于最初的工业，贫穷的工业。
黑夜降临于梦想的工业：被风雨剥蚀的
蒙昧的铁

围墙起院落，不见人类
熏黑的烟囱侵入天空
大神看到了喷涌的火星
在这北方空旷的原野

这是人类的看得见的胜利
需要痛苦的乌鸦来喝彩
既然所谓进步便有点邪恶

乌鸦贴地飞翔
一架飞机飞向远方
下沉的太阳被蚊蝇追赶
野草中偃卧肮脏的羔羊

既然黑夜不仅仅降临于无声的废墟、地契和百日菊

它也降临于最初的工业，贫穷的工业

因而在北方空旷的原野

那看不见的、被遗忘的人类

捏造出最后的梦想

有似当年的大神把炉火吹旺

1990.10, 1992.5

祖国的大地

钢铁列车穿行于祖国的大地

祖国的大地

黄色的花、紫色的花，倒在黑狗一只

那略带花香的脚底

毛驴内心纯洁，直到凄凉的晚年

田野中央，铁锹闪亮

几乎看不清那劳动的妇女

长庄稼的地方也长人

大河奔流涌现无尽的回忆

一条小路伸进向日葵的村庄

李子树下没有人站立

山岳比人高

唢呐在天堂吹响

万物的影子相互盘结

野草、碎石维护着血缘之亲

当黑夜降临

废置的草垛被大地认可

雾气填平了浅沟深壑

这时便有星星为溺毙的女婴来命名

当小镇上有了灯光

矿山里有了寂静

在钢铁列车的车厢内，在隆隆声中

一对老年夫妇恰好谈到

他们小儿子的第二次婚礼

1991.9

华山一夜

1

夜在高处。更高的地方，更多的星辰，更大的风和寒冷。

2

在寒冷的山崖上从未有人舞蹈，从未有人帮助山岳认识星辰。

3

没有更高的地方让白雪沉睡。

黑夜强加于山下的火车站和封灶的小屋。

4

这以耐心制胜的堡垒踞高守险，每夜侧耳于土匪的脚步声。

那尚未入眠的鹰，目光坚硬，脑海中保存下闪电和阴影。

5

海水退尽，山体高大。

从岫玉到花岗岩，传递着进化的微弱的震动。

6

一盏小灯照亮它自己，是出自大地心房一个不易觉察的请求。

7

大风开导小风撞向檐椽下斑斑锈迹的铁锹。

大风跟着小风找到避开雷火的千叶莲花。

8

被山风折磨的夫妻迎来穷苦的暮年。

一个孩子的哭声与风声较量，我隐约能够说出那是谁。

9

展读经卷时走神的道士能否被箫声安慰？

他们谦卑到鸟雀的谦卑能否与鸟雀同巢？

10

黄河北流，秦岭南浮。啊，转眼又是深秋！

我步下台阶，投石于峡谷，星空下的群山不屑于轰鸣。

1991.12，2022.2.27 修改

回　声

一个人，犹如一座城市
是一片回声

砖石垒叠而起如层层海浪推远
雾色在清晨和黄昏都很凝重

那些高耸着的钢铁栅栏围护四方
谁曾在其中放牧牛羊？

在木叶相合的地方
男女相遇

在寂寞侵入石头的地方
世界唯回声永存

这蔚蓝色的柱石上
一层一层织满铜丝般的藤蔓

在幽暗的房间里
女人采回的果实中有音乐声回旋

我坐在一群老鼠之中
感受到大雪静静地飘落

城上的积雪和高风
把一些人就此埋没——

灵魂化为
子夜峡谷中披衣的守望者

而这里，一片回声
搭起的城市，我们把脚

埋进冰凉的水泥和沙子
转身咳出血痰，重操旧业

1986，1992

停　电

突然停电，使我确信
我生活在一个发展中国家

一个有人在月光下读书的国家
一个废除了科考考试的国家

突然停电，使我听见
小楼上的风铃声、猫的脚步声

远方转动的马达戛然而止
身边的电池收音机还在歌唱

只要一停电，时间便迅速回转：
小饭铺里点起了蜡烛

那吞吃着乌鸦肉的胖子发现
树杈上的乌鸦越聚越多

而眼前这一片漆黑呀
多像海水澎湃的子宫

一位母亲把自己吊上房梁
每一个房间都有其特殊的气味

停电。我摸到一只拖鞋
但我叨念着："火柴，别藏了！"

在烛光里，我看到自己
巨大、无言的影子投映在墙上

1992.12

双 鱼 座

1

上溯晦暗的双鱼座

那里有另一种远离海水的生活

不是滥用了真理的畜牲所能体验

不是躲过了北风利爪的人们所能理解

生活变乱至今

而命运看不见摸不着

必须点亮多少支蜡烛

才能使一只困乏的小鸟重新振作?

2

需要另外一个男人来代替我生活

把我全部的责任推给他

把我全部的记忆推给他

让他呜呜痛哭

也让他享用我有限的欢乐

我将告诉他忍耐是一种美德，而泥泞

会弄脏他的裤管

他将看到大地而看不到自己

他将知道所谓思想不过是一片空白

3

来自双鱼座的燕子飞进我的房间

所有的燕子都已飞走

来自双鱼座的燕子负了伤

飞进我的房间寻求庇护

它打量着我的绘画和书籍

猜想这是一个诗人的家

就在我那洒满阳光的桌案上

幸福地死去

1992.4

月　亮

有那么多东西尾随着我们

其中月亮听到过我们最初的啼哭

我们停步，它也停步

与我们相距三十里，三十里外

更白亮的月光涨满野兽的头颅

周期性奔涌的忧愁呵

现在是摆脱月亮的时候了

它尾随在我们身后，像我们

故友的亡灵；它居然尾随着我

走进我六平米的房间

但我却不能在月亮上印满指纹

谁能肯定它是为我们而存在？

发疯的人们依然在月光中舞蹈

小巷里的老太婆头戴花头巾

双眼如炬的黑猫专门拿胆小鬼开玩笑

所以要说话你就大声说话吧
挑一个月明之夜，多少回
在从酒吧间到天文馆的漆黑甬道
飘忽来被有意压低的嗓音
谈论着报复或私奔

所以要掘墓你就赶快动手吧
别等到月亮在你身上打开缺口
敲响你体内的暖气管
改变你血液的颜色
使你爱上那墓中的骷髅

生命，多像一个吹哨子的男人
在月光中移行，把他所有的激情
倾注在一只小小的铁哨上
我们尾随着他，深一脚浅一脚
嘴里发出咮咮的笑声

而尾随我们一生的月亮
从不将我们阻拦，它一再隐身
一任我们被黑暗所改变

但当我们死亡或死后不久，它会

不动声色地出现在我们身边

1992.12

写在三十岁

在我第一个十年

月亮向我显现了它寂静的环形山

而月亮之下，我居住的小城

驱魔的锣鼓喧响，大街上叫声一片

我瘸脚的舅舅在院子里骂人

我一不小心领教了白公鸡的接吻

一个小女孩在我面前脱下裤子

我爬楼梯时撞见自杀者的阴魂

我被告知别害怕

我被父亲高举过头顶

冰雹在通往公社的路上跳得精疲力竭

我走进纯洁的学校学习革命

在我第二个十年

全世界的蟋蟀和我一起成长

一起蔑视困难，一起爱上暴力和月光

一只老虎出现在我的门口

我闻到了肉味

我像一只兔子跳到别人的门口

看到男人和女人在准备节日的盛装

我偷盗，别人也偷盗

我烧死麻雀，别人也烧死麻雀

生活如此，而我有突出的才华

我描画理想的山水风光

我没有太多的罪行要求世人原谅

一些门关闭了，另一些门尚未打开

第三个十年适于出游和读书

我折磨起自己来理所当然

我歌唱爱情的眉宇和膝盖

却从未在大街上看到天女下凡

朋友们来了，生机勃勃，随即杳无踪影

留下我无法穿戴的衬衫和眼镜

批判的锋芒招来了灾难

像肉体中的暴乱招来了大雨

我扛着一把雨伞登上小丘

一只小鸟为寻找一个人而迎着雷鸣电闪

在雨中飞旋

怎么能既怀疑自己又怀疑世界?

你无法叫大雨停住，叫飞鸟落在手上

思想像一把刀，仅仅一闪

便使我的灵魂大汗淋漓

我赶走三十个高谈阔论的哲学家

对守护我的影子说：对不起

咸的汗，咸的泪，肉体还能是什么味道?

黑夜像一连串陈设相同的房间

我穿行其中，却好像在一个房间里

来回踱步。从早到晚

关心未来说明我心中不快——

大地运行只是我向无觉察——

1993.6.24 端午节

虚构的家谱

以梦的形式，以朝代的形式
时间穿过我的躯体。时间像一盒火柴
有时会突然全部燃烧
我分明看到一条大河无始无终
一盏盏灯，照亮那些幽影幢幢的河畔城

我来到世间定有些缘由
我的手脚是以谁的手脚为原型？
一只鸟落在我的头顶，以为我是岩石
如果我将它挥去，它又会落向
谁的头顶，并回头张望我的行踪？

一盏盏灯，照亮那些幽影幢幢的河畔城
一些闲话被埋葬于夜晚的箫声
繁衍。繁衍。家谱被续写
生命的铁链哗哗作响
谁将最终沉默，作为它的结束

我看到我皱纹满脸的老父亲

渐渐和这个国家融为一体

很难说我不是他：谨慎的性格

使他一生平安他：很难说

他不是代替我忙于生计，委曲逢迎

他很少谈及我的祖父。我只约略记得

一个老人在烟草中和进昂贵的香油

遥远的夏季，一个老人被往事纠缠

上溯300年是几个男人在豪饮

上溯3000年是一家数口在耕种

从大海的一滴水到山东一个小小的村落

从江苏一份薄产到今夜我的台灯

那么多人活着：文盲、秀才

土匪、小业主……什么样的婚姻

传下了我，我是否游荡过汉代的皇宫？

一个个刀剑之夜。贩运之夜

死亡也未能阻止喘息的黎明

我虚构出众多祖先的名字，逐一呼喊

总能听到一些声音在应答；但我

看不见他们，就像我看不见自己的面孔

1991.4

此　刻

此刻，一个男人扛一口棺材走在街道上
他衣扣敞开，他浑身冒汗
星光溅落的街道被他踏响
黑魆魆的屋顶和红纱灯是他曾经梦见
我们同居在此有着海洋和沙漠的星球

此刻，大风推进在没有道路的海洋和沙漠
谁搬运着垃圾？谁向天空打开手电筒？
谁一把抓住一只飞来的鸟
并随手抛出一把铁砂？
我们同居在此有着海洋和沙漠的星球

五百个女人在五百个房间里松开发辫
脱下鞋、袜子，只穿着短裤来到窗口
五百个管理员关掉五百座图书馆的电灯
听见肚子里一串串咕咕的叫声
我们同居在此有着海洋和沙漠的星球

五大洲、七大洋、经过赤道的本初子午线

驴和马交配生下骡子

银杏树像人一样分为两性

科学家训练黑猩猩从一数到十

我们同居在此有着海洋和沙漠的星球

此刻，有一个人正在成为毕加索

另一个人正在成为毛泽东

世上的父亲们久病成医，而青年一代

要求他们否定自己一生的奋斗

我们同居在此有着海洋和沙漠的星球

成堆的落叶被焚烧。秋天，又是秋天

那些扑进火焰的人总会留下疑问种种

当大多数人从秋天步入冬天

竟有一位大姐戴上了花朵

我们同居在此有着海洋和沙漠的星球

瘦削的人上路了，坐在硬座车厢

坐在两个推销员之间

无人知道他是谁，只看见他嗑着瓜子

注视着窗外掠过的市镇

我们同居在此有着海洋和沙漠的星球

此刻，一个男孩把脚伸到被子外面

他充满爱怜的祖母赶忙把被子给他掖好

这样一个小人儿应该飞翔在街道的上空

带着生活的激情和灵性

我们同居在此有着海洋和沙漠的星球

1993.10

我跟随一位少女穿过城市

我跟随一位少女穿过城市
我踩着她的脚印
却并不踩住她的影子

我跟随一位少女穿过城市
我陪伴她走过
人生一段短短的路程

她并不回头，好像这样
就能伤害我的自尊心
她错了：她的香味使我着迷

她的头发变成蓝色
她的双臂在练习飞翔
太阳已经对准她的乳房

而我却来不及走进花店

买一朵玫瑰花——啊

多少玫瑰花枯萎在花店里！

一辆救护车风驰电掣

在她的眼睛里开赴死亡

而我在她身后已经口干舌燥

眼见得走过了城市

最后一道围篱，她的脚步

更轻盈，我的心中有了恐惧

我跟随一位少女来到郊外

穿过密林，我发现

我是一个人来到旷野里

1993.7

中　学

人之初，性本善。性相近，习相远。

敞开在阳光里的中学
一种青草的气息弥漫

麻雀在乍暖还寒的时候多么自由
姑娘们在尚未长开之前多么难看

天窗卡住天使的脖子
吵嚷揪住校长的耳朵

刀痕累累的课桌生性木讷
青年教师滞留在五彩缤纷的厕所

在潮湿的饭厅兼礼堂
雷锋叔叔眼含泪花

带头鼓掌的人可能会有非凡的一生
性格内向的人只能重复别人的笑话

这些拉帮结伙的小兄弟
将来会落向不同的山坡

每一只小鸟都有他保不住的秘密
每一匹小马都需要知识的皮鞭来抽打

在三楼东边那间教室
坐着当年苍白的我

一座插满红旗的中学传出朗朗读书声
一个低年级女生教会我语文和哲学

1993.3

凉

凉选择了紫禁城金色的琉璃瓦顶
凉选择了乌鸦紧蹙的眉头

被培育在花盆里的桔树布置在街道两侧
一个小小的男孩被打下肚里的蛔虫

这正在扩大的世界还没有迎来它的正午
身染欧罗巴流感的皇室后裔
拨弄着祖传的自鸣钟

瓜果被反复清洗，但如何清洗生活？
据说罪恶诱人是由于它的甜蜜

在你心中变幻偶像不可谓不忠
在你老爹的房间里写大字报不可谓不孝

在构成我们时代伟大进程的事物中间

凉的是水滴和被褥，凉的是
一位冒牌公主永不褪色的黑眼球

风也罢，霜也罢，对自己均一无所知
我家中的瓷器也早已忘记了火焰的温度

三马车石料外加一麻袋金玉
足够建造一座令人垂涎欲滴的世外桃源

但凉选择了它们，像选择
紫禁城金色的琉璃瓦顶
像选择乌鸦紧蹙的眉头

                                    1993.2

观芮城永乐宫壁画

如果绵羊能够看到自己的内心
如果玉米能够说出大地的劫运
寂静就会来到寂静中间
道路上就会有人羽化而登仙

无论发生什么：一个无赖时来运转
或者一个地主嚎啕大哭
神仙们生活而不思索
天庭饱满的百脚虫在废墟中安闲

而这废墟之上最后的天堂
仿佛一座停工日久的砖瓦厂
如果我是牧童，遇上大雨
我就会把羊群赶进这幽寂的宫殿

被遗弃的宫殿向俗世敞开
围住虚空的四壁能否坚持到永远
我们听不到的合唱在继续

我们闻不到的花香将我们熏染

四壁上御风而行的神仙们
裙带飘舞；只是那天堂里的清风
从不刮向大地，从不刮向
那在水库边洗脚的秃头少年

附近村庄里一只公鸡
发出怪叫，但神仙们权作耳边风
夜晚的萤火虫飞近仙女的鼻尖
但她不需要光亮只需要颂赞

来自河流的仙女，来自山岳的神仙
代表自然的光照、幸福、力和美
他们在四壁上兜着辉煌的大圈
这既是娱乐也是修炼

或许就在我们晕眩的一刹那
他们相互之间做出鬼脸
一只金色的乌鸦向西飞去
整个大地沉浸于梦幻

1993.10

这些我保存至今的东西

这些我生命中的小零碎。

这些我保存至今的东西。

这只铁矛，曾经在怎样的月光下闪烁。像一块拒绝融化的冰，执着于内心的迷信。多少亡魂走过枪尖？血。黑暗。义和团。它的钝；它的经历。我时常将它小心擦洗。

这数十枚古钱是经过众人之手汇聚到我的手中；我数着它们。用生锈的手指；我忽而是贾谊,忽而是曹雪芹。市场上叫卖着新鲜蔬菜，我始终不曾将它们花去。

还记得那个夏天，云杰带来这只青花瓷瓶。它有雨水的凉意，仿佛离我最近的星辰。那些触摸过它的人纷纷驾船驶离世界的港口，我把它摆放在我书架的最高位置。

而这不值钱的、优雅的纸折扇被我在扇面上画下一片风景。水、树木、远山，这是一个没有人的不存在的早晨。每当我狂躁，每当我迷惘，我便打开它来，于是我也就化作一阵清风。

在所有我生命中的这些小零碎当中。只有这尊佛像没有睡眠。我向他朗诵《阿维斯塔经》，它不反驳，我向它朗诵我的作品，它不称赞。我们曾一起在北方漫游，现在它像一块岩石一样寂静。

但更多的时候我哪儿也不去。这只鱼形笔筒使我想起妮达·松布隆。她本可以成为一个热带国度的红色公主，但不期然他们一家走上了流亡之路。十二年前我们分别的时候，她从钢琴上取下这只笔筒："你喜欢吗？"我说："嗯。"

还有这三只塞内加尔乌木雕：国王、王后和王子，一个家庭，出自一位技艺高超的工匠之手，但我不知道他是谁：他经历过什么？他歌唱过什么？我借助一个黑人的皮肤领略了太阳的光荣。

还有这把我从未使用过的钥匙，还有这只带给我吉祥的马蹄铁，还有这台出品于 1898 年的安德伍德牌打字机。它们听到过我孤寂的感叹，我应该使它们高兴。

1993.11

偶然的诗意

我首肯烟囱的形状、桥梁的形状
尽管它们不符合天堂的设计
但是为了生存的缘故我原谅它们

我首肯这北风强劲的城市，它已撤掉遮挡
一座光着脑门的城市
就这样超越了夏天的现实：

阴郁的天空下焚烧着纸钱
五十四张纸牌化作五十四片雪花
急迫的享乐、通俗的趣味，已经有了说法

那寒冷中幸福的小姐我必须首肯
那些大声疾呼的人我必须面对
好哇，冬天，这只巨兽吞尽了树上的叶子

我的呼吸已清晰可见，我的脚趾

已被冻得发痒；随着我对生活的详细记录

我一年的不安也便到此为止

心灵敞开，向着世界

白天，我对着北半球有力地沉默

入夜，我首肯南半球的疾风暴雨

远方的花朵在交谈，远方的人一直在远方

我忽然想到我寄出的信件全无回音

我偶然发现了这其中的诗意

                                    1994.12，1995.8

独　唱

除了丛生的白发，除了磨损的衣领
除了雨滴，除了花瓣
还有什么将要来临

除了刺鼻的蒜味，除了风干的油漆
除了约会，除了争吵
还有什么将要来临

还有什么样的秘诀能让公鸡起飞
还有什么样的劝告和恫吓
能让蠢汉变得聪明

阳光中俯下的面孔美丽得好像芦苇
好像承认有错的神祇——
你把悲伤据为己有

而那冲进菜市场的麻雀闻到血腥

匆忙之间找不到上天之路

便对我大发雷霆

还有什么能再次给心灵

以致命的打击？那病入膏肓的大夫

是我们难于指望

我们或许应将死者留在家里

我们或许应逼使他说出他最后想说

而未说出的东西

1994.5

一条狗悄悄走过我的窗前

在我避开星座，向隐身人脱帽
向他请教有关解除灵魂苦闷的
灵丹妙药时
一条狗悄悄走过我的窗前

在我禁止我的骨头发出声响
在我为描述他人的命运
而反躬自问时
一条狗悄悄走过我的窗前

门外的铁簸箕发出空洞的声响
我知道那是一条狗又在午夜撒尿
它嗅着它昨天的气味
定能将它昨天的梦境重温

它理应吼叫可它沉默
于是我在内心吼叫起来

如果我猛然拉开房门，它该不会

在瞬间隐身？

想到有一回在拂晓，在五台山

一条狗跟踪着我

直到望见灯光；当它蹿到我前面

我发现它被黑暗紧紧跟随

1993.9

舞 蹈 者

像吹过雪山的风，你吹进
我们身体的裂缝
像一束光，你带给我们
古老传说里的黎明
一瓣槐花落进你的怀里
一匹老马咀嚼着喷香的稻草
而卡在国王喉咙里的鱼刺
像门楣上的钉子难于拔除
啊，姑娘，别停止舞蹈
让我们心满意足
别让我们失去眼前的街道和花园
让一支火炬在我们心中落户

1994

解　放　者

在封闭的花生里

躺着一个胖胖的解放者

在盛开的莲花里

坐着一个粉红色的解放者

在皇帝的脑子里

解放者是一个酩酊大醉的流氓

在解放者的心里

解放者正在悄悄死亡

1994.6

杀死一个人

杀死一个人，也就杀死了

一个人的声音，也就杀死了

一个人的光泽

或他的晦暗

杀死一个人，也就杀死了

一个人的细菌，也就节约了

一个姑娘的关怀

或她的仇恨

晚霞、落木像被冲散的兽群

一个可能存在于大地的家族

被禁止诞生

1994.6

捕风捉影的人

捕风捉影的人

是幻想家

是给别人带帽子而自己

光着头的人

是易患感冒的人

是暗处的人道主义者

肩负着使命

却捉不住蝴蝶

捉不住马蜂和云彩里的牧童

是一只无用的不辨方向的手

既捉不住影

也捕不着风

1994.6

170

札 记

从前我写作偶然的诗歌

写雪的气味

写钉子的反光

写破门而入的思想之沙

而生活说：不！

现在我要写出事物的必然

写手变黑的原因

写精神的反面

写割尾巴的刀子和叫喊

而诗歌说：不！

1992

午夜的钢琴曲

幸好我能感觉，幸好我能倾听

一支午夜的钢琴曲复活一种精神

一个人在阴影中朝我走近

一个没有身子的人不可能被阻挡

但他有本领擦亮灯盏和器具

令我羞愧地看到我双手污黑

睡眠之冰发出咔咔的断裂声

有一瞬间灼灼的杜鹃花开遍大地

一个人走近我，我来不及回避

就像我来不及回避我的青春

在午夜的钢琴曲中，我舔着

干裂的嘴唇，醒悟到生命的必然性

但一支午夜的钢琴曲犹如我

抓不住的幸福，为什么如此之久

我抓住什么，什么就变质？

我记忆犹新那许多喧闹的歌舞场景
而今夜的钢琴曲不为任何人伴奏
它神秘，忧伤，自言自语

窗外的大风息止了，必有一只鹰
飞近积雪的山峰，必有一只孔雀
受到梦幻的鼓动，在星光下开屏
而我像一株向日葵站在午夜的中央
自问谁将取走我笨重的生命
一个人走近我，我们似曾相识

我们脸对着脸，相互辨认
我听见有人在远方鼓掌
一支午夜的钢琴曲归于寂静
对了，是这样：一个人走近我
犹豫了片刻，随即欲言又止地
退回到他所从属的无边的阴影

1994.1

远　方

　　——给阿赫玛托娃

有一片梦中的雪野

有一株雪野中的白桦

有一间小屋就要发出洪亮的祈祷

有一块瓦片就要从北极星落下

远方

有一群百姓像白菜一样翠绿

有一壶开水被野兽们喝光

有一只木椅陷入回忆

有一盏台灯代表我照亮

远方

一块玻璃上写满我看不懂的文字

一张白纸上长出大豆和高粱

一张面孔使我停下笔来

再拿起笔时墨水已经冻僵

远方

在树杈间升起了十二月的行云

我灵魂的火车停立于寒冷

在寒冷的道路上我看到我走着

在一个女子的门前我咳嗽了三下

1994.1

疯 姑 姑

你个子高高，高过了这个民族
你身子飘飘，飘过了开花的石榴树

有一个影子尾随着你
你一发怒他就离开
你一微笑他就回来

有一群男人要看看你的手相
你从袖子里伸出了小小的拳头

你和世界的冲突
是一匹马和一片乌云的冲突——
那些聪颖的骏马已经把你认出

而你却有时认不出自己
因为你想认清你的全部

活着，人人头顶一句咒语
你干脆将它淹没在兴奋的尖叫里

当你旅行过四季，穿脏了衣衫
你攒了一小盒银戒指——
啊，谁将成为你的丈夫？

啊，谁允许你从阴影中拉出
一大群孩子？你对着他们歌唱
但他们易碎的骨头让你痛苦

该结束了——你的失眠
钟表忽然铃声大作

你洗干净身子，身上带着水珠
你对老鼠们说："这就是我
你们啃吧，你们啃吧。"

1995.7

献给玛丽莲·梦露的五行诗

这样一个女人被我们爱戴。

这样一个女人我们允许她学坏。

这样一个美丽的女人，

酗酒、唱歌，叼着烟卷。

这样一个女人死得不明不白。

1992.7

恩　雅^①

恩雅，你在屋檐下歌唱，就有人在天空
响应你的歌声；你在电车上歌唱
就有人追着电车狂奔，忘记了
好人应该回家，度过安分守己的一生

在你的歌声里，石头上涌出了泉水
肉体中伸展开枝丫。一堆堆篝火
像你一样变成蓝色，而蓝色的你
汗水干透，途遇财宝而不知

你唱出了一头饮水的豹子
你唱出了月亮和她的白血病
那些没有女儿的银行家忽然深感遗憾
因为你唱出了一个改邪归正的男人

张开嘴唇的花蕾把爱简化到沉默

---

① 恩雅，爱尔兰女歌手。

179

可是恩雅，你动情歌唱的嘴唇谁敢亲吻？

你动情歌唱出的话语有了魔力

让一只深埋于粪土的马蹄铁焕发生命

你唱出了一株羊齿草的思想

于是你自己就变成这株羊齿草

被一个梦游人冰凉的脚丫践踏，却又被

一只羊羔扶起，犹豫再三舍不得吃掉

1995.1

断　章

1. 标本

它把飞翔的姿态一直保持到死后
它的小脑瓜里什么都没有
我惊讶于它羽毛的蔚蓝并未随死亡而改变
仿佛它依然活在山野中的玻璃宫殿
要是它能够选择，它不会让你
在它的躯体里塞满棉花
它是被迫告别腐叶的气味、溪水的淙淙
它停止歌唱，却因此进入了永恒

2. 发明

每一项发明都使我们看起来好像超人：
子弹杀死了我们惧怕的野兽，望远镜里
出现了一个男人和一个女人的古老的调情
我们躲在暗处，好像丛林战士

每一项发明都把我们推向更加不起眼的位置

但我们有能力活得更好

比如造出更多更不值钱的硬币

比如驾船驶向我们祖先从未到达过的海域

3．忠告

一个胡子拉碴的大男人并不一定凶狠

一个白白净净的小男人并不一定温柔

你不一定是天底下最美丽的公主

你那慈祥的老父亲或许比花边新闻更庸俗

但刽子手也会深爱他的儿女

就像唯物论者也会有狂想

而你若探求灵魂你就会陷入最大的非理性

而你若对灵魂漠不关心你也就只有点小聪明

4．计算

a．一座村庄只有一把椅子——怎么可能？

b．五架钢琴由一个人弹奏——怎么可能？

c．树叶模仿树叶——树叶是太多了。

d．太多的人相互敌视，却走进同一座坟穴。

e. 从我到你，就是从一到无数。

f. 而一颗心不止只配一个人。

g. 相互眺望的两个人各自只能看到对方。

h. 你不可能同时朝四个方向走去。

5. 阅读死亡

一本书，一个故事，我预料这其中必有死亡

好像我自己必将死在这故事当中

没有多余的人物，没有不相交的道路

在某条小巷或某个房间，一口棺材已经备好

雨水、灯光，都是伏笔

必然的死亡把我逼向无奈

但这正是我所预料的结局：我目睹它

我变得残忍或坚强为了活在故事之外

1993，1995

另一个我的一生

高耸的圣巴夫教堂投下哥特式阴影
星期五市场的一侧坐满了喝咖啡的人
根特①，地图上的一个斑点：假如当年
我托生在那里，我就会从小熟悉
那里的招贴和喷泉，并且从懂事开始
蔑视那里流行的偏见和疾病

我会在十二岁爱上一个小仙女
陪她穿过潮湿的小巷、阳光闪烁的广场
我会为她花光手里的钱，为的是吻一下
她善变的嘴唇，抱住她，像抱住
头顶的月亮。而假如她拒绝我
我会一点一滴地品味我浪漫的迷惘

多雾的码头向我发出邀请。十七岁

---

① 根特，比利时地名。

我会杀向赌场、妓院，像一个幽灵
在各地留下我风格统一的涂鸦之作
过真正的生活：酗酒滋事，与罪犯为伍
只是在我明了了我的命运
并且剧烈地呕吐之后我才会重返故乡

失修的小楼等待我爬上它危险的楼梯
一个老太太在阁楼上用坏了她的缝纫机
生锈的钉子已不能扎破我的脚掌
色情的玫瑰必须顺从我古怪的脾气
我会用逻辑来推究天堂的可能性
用拉丁文来解释东方园林中的专制主义

另一种处境会要求我成为另一个我
用灵魂走路，以免被砖头绊住
用肉体忧愁，好明确知道需要多久
才能愈合一道伤口。在花园中
我会用斧头对着食肉的植物一阵猛砍
当九大行星排成一个恐怖的十字阵容

我会在午后的公园遇到一位
神情恍惚的诗人，从此在绿色的夜晚

胡思乱想，在雨中徘徊于城堡附近

直到有一天静默的梅特林克①向我显灵

我会死在一座报废的屠宰场

像咽气一样咽下写好的墓志铭

                                                      1995.7

————————

①　莫里斯·梅特林克（1862—1949），比利时剧作家、诗人、
　　散文家。1911年获诺贝尔文学奖。象征派戏剧的代表作家，
　　先后写有《青鸟》《盲人》《佩利亚斯与梅丽桑德》《蒙娜·凡
　　娜》等多部剧本。

发　现

连蚂蚁也害怕黑夜

连石头也被失眠所折磨

连月光也受到了污染所以人影朦胧

连山峰也在增高好像酝酿着分崩

连大唐帝国也最终走向衰落

连垃圾箱里也有人居留

连奢谈理想的人也拿不准该怎样生活

连溜肩膀的男人也要离家出走

连老虎也会被武松打倒在地

连武松也会被拿下，治罪，戴上枷锁

连法律也会有漏洞

连邪恶也能找到堂皇的借口

连略有几分姿色的女人也沾沾自喜

连最美丽的女人也在胡说

连观世音菩萨也长出了乳房
连赛金花也暴得大名

连医生也得上了淋病只是他继续工作
连醉鬼也知道回家只是他忘记了家门
连五月的鸟雀也学会了沉默
连行尸走肉也会喊"救命！"

连孩子们也悄悄地喜新厌旧
连妖魔鬼怪也披着华丽的斗篷
连算命的瞎子也只好向命运低头
连死人也会有担忧

可怕的无所事事的夜晚再一次来临
我叨念着这一切穿过空寂的王府井
星星躲开我的视线
一棵漆黑的大树将我拦腰抱住

1996.5

医　院

死亡的灰色的雨落在医院的楼顶上
小护士的青春里溶进了盐酸
有些人就要升天，有些人就要入地
隐身人查看病房，身份不明的人
徘徊在医院大门的阴影里

我曾在那里，在那里，给一个垂死的人
朗读阿凡提的故事（他不时咳嗽
有时昏昏欲睡）；我曾在那里，在那里
努力逗一个垂死的人笑出声来

1996.5

重读博尔赫斯诗歌

——给 Anne

这精确的陈述出自全部混乱的过去
这纯净的力量,像水龙头滴水的节奏
注释出历史的缺失
我因触及星光而将黑夜留给大地
黑夜舔着大地的裂纹:那分岔的记忆

无人是一个人,乌有之乡是一个地方
一个无人在乌有之乡写下这些
需要我在阴影中辨认的诗句
我放弃在尘世中寻找作者,抬头望见
一个图书管理员,懒散地,仅仅为了生计
而维护着书籍和宇宙的秩序

1997.1

我的手迎着风

我的手迎着风，接住一张旧照片
照片上有一张我憎恶的脸
不知他是否还活在人间

我的手迎着风，接住一张揉皱的纸
上面写满下流的语言
我不便重复一个字

我的手迎着风，一张病历递到我手上
一张病历没有填写姓名
给我的健康带来打击

我的手迎着风，但拒绝接受
任何机密。但一张纸条令我心慌
我眼看要变成一个泄密的人

风，巨大的力量，我的手迎着它

我的手割过麦子，抓过坏蛋

待我把手缩回，巨大的力量便消逝

我把手缩回又伸出

风吹我的手像吹着新疆和蒙古

巨大的力量是我所渴欲

我的手迎着风，试探风和我自己

却接住一只盲目的鞭炮

在我渴欲的手中爆炸

　　　　　　　　　　　　　　1997.5

鼠 与 猫

月初时猫咬老鼠的头颈[①]

老鼠们不在乎。老鼠们上学的上学，做买卖的做买卖。
老鼠们不在乎。老鼠们用草叶上的露水洗澡，赞美世
界如此之大，赞美人类战胜了灾荒，又使酒满窖，粮
满仓。老鼠们越抓痒痒越乐观——给猫留一份口粮吧。
老鼠们狂饮灯碗里的油，又把脸盆倒扣在地上，又发
现纸箱里有红豆和绿豆，又发现厕所里有一个女人准
备生产。

月中时猫咬老鼠的腹背[②]

老鼠们哈哈大笑。老鼠们呼风唤雨。老鼠们比赛谁的
爪子比牙齿更锋利，不曾想发现大家的肚子不知何时
已变得肥大。应该努力地生呀生。看到下一代老鼠虽
然小模小样，却野心勃勃。老鼠们又有了必胜的信念。
老鼠们学习咬钢铁，咬金银。最终的目标是咬倒一座

大厦。老鼠们还在乎猫咬腹背吗？再说老鼠们已穿上厚厚的铠甲。

月末时猫咬老鼠的后脚③

老鼠们需要后脚，在爬上爬下之间，老鼠们也需要站稳脚跟。但老鼠们可以向猫矢口否认这是月末，矢口否认自己长着后脚。必须首先解决游乐的问题：搬家、嫁女不在月末。每到月末，老鼠们越发珍惜自己的后脚。老鼠们听说虎咬人也是这个规律，决定与人类结盟消灭虎与猫。分享世界的主权：你在地上，我在地下，而天空须由大家共享。

1997.5

注：①②③据宋人《洗冤录》。

不　必

不必请求那些粉红色的耳朵
它们只接纳有道理的声音
而你的声音越来越没有道理
仿佛傍晚响在法院窗外的雷霆

你把头发染得五颜六色但你不是飞鸟
你慌不择路时惟一可做的是投石问路
星月、山岗，允许一头大熊啼哭
但在城里，你一悲伤就像货币一样贬值

不必在自己的胳膊肘上咬出牙印儿
不必打扰墙洞里的耗子：你的邻居
在茶杯即将从桌面滑落地面的一刹那
应该以幽灵的速度把它接在手里

在挣不到大钱时小心花钱
在小钱也挣不到时就把欲望擦净

但不必在已有的道德中添加新的道德

瞧瞧那些红人儿，瞧瞧那些白痴

从此孤身一人接午夜的电话

如果听筒里只有忙音就拔掉插头

从此孤身一人剥开花生米

品尝这没有道理的滋味，暴露一点点贪婪之美

你越来越没有道理的声音被孤独放大

眼看空无开着坦克攻占你的躯体

但不必依赖安眠药，请走出家门

寻找一家空中旅店并从那里眺望你失眠的屋顶

或穿过飘着垃圾味的街道

敲开一户户人家收回你过早散发的诗篇

大人物的心理疾病是否值得模仿

再完美的冷嘲热讽也意味着思想乏力

不必混进电影院，那些散场后

步行回家的人们迈着英雄的方步，但哈欠连连

不必拔出手指中的木刺

让它疼，让它感染，让它化脓

应该以死人的名义反对处死灵魂的云朵

不必为了方便而凿穿大地

但是依然，每时每刻都有人死去

就如同每时每刻都有俏皮话变得不再俏皮

从此孤身一人把破旧的自行车骑得飞快

并且不必在废墟间再数一遍脚趾

可能的话，就从大海上跳过去

不可能跳过去，就甘愿淹死在大海里

1997.7，1998.6

说和不说

1

说：说出清晨的诗句并与它们一起过时
不说：只听见挖土机轰响着挖向大地的内核
啊，内心的混乱已不可遏制！
我们却更有理由废弃先人那讲究秩序的天文学

2

说：从缓慢移步的星宿退向调情和谩骂
这类有限的主题与我们的才华相吻合
尽管抽水马桶中藏着致命的减法，
可我们说出更多生活的细节好加出时代的修辞学

3

我们什么都说到了，背后冲来一群野兽

我们什么都说到了，正午的太阳收回它的许诺

需要将一块大钻石放进说话者的衣兜

让他担心总会有说漏嘴的时刻

4

一阵笑声废黜了悲剧中的老君王连扮演者也笑了

一个喷嚏引爆十个喷嚏这喷嚏就有了意义

灯光供奉的歌唱家死在他的最高音

他只有回到窃窃私语的大众行列才得以复活

5

我刚刚发现了梦的语法然而梦已被清除出语言

有如一枚铁钉被从木头中生生拔出

木头中黑色的钉孔并不闭合

有如木讷的嘴什么都不说或者该说的都已说过

6

消失的嘴留下话语，话语便开始消失

而在话语中消失的首先是过去的一场大火

从高空俯览蓝色的大地上蛇蝎谨慎地爬行
仿佛话语面临深渊，沉默面临威胁

7

同样在说中转身的人、同样在说中回避的人
却并非都有把握取悦肉长的耳朵
于是风刮起，只为那些说到风的人
而肉长的耳朵从不缺少遮遮掩掩的淫乐

8

在最尴尬的时刻掩住面孔而不是屁股这就是人性。
在两种理由之间沉默不已
就听见挖土机轰响着挖向大地的内核
影子越聚越多在这夜晚，我看见了，我不说

1998.6

戒　律

为了不杀生

你可以把自己武装到牙齿

并且在想象中把嗜血的疯狂耗尽

神不会惩罚想象力

但你必须小心别在疯狂想象时踩死地上的蚂蚁

为了不食荤腥

有必要假设大地上所有的动物都不洁净

一如你的躯体，一如你的内脏

或你当戴上怜悯的口罩

只是素食并不能保证你不会吃成一个胖子

为了不饮酒

主要是为了不在酒后惹是生非

请将废弃的酒瓶灌满凉水

请喝凉水；凭着清醒的头脑，请诅咒酒力之恶

为了取悦于神宁可让税吏暴跳如雷

为了不偷盗

不要窥视别人的房间，不要拉开别人的抽屉

如果你曾经小试身手

你就得用一生的时光辩解说

这是你蔑视私有制的方式之一

为了不打扮

把自己打扮成一个僧侣

然后发现自身的浑浊，然后坚持不打扮

你就会获得如下赞辞：

"听，他谈吐清澈！瞧，他真理在握！"

为了不淫欲

你当只同你喜爱的异性谈论悲剧或高深的学问

但不要把话题引向心灵的苦闷

淫欲是一个陷阱

最好只在它的边上转悠

为了不贪求

在黑暗的房间里自封为王也未尝不可

你且配一把万能钥匙在手中掌握

行走，停步，转身，在你日光下的都城

你将不屑于打开那一把把锈锁

为了不妄语

你可以在每个星期里选择一天

跑到荒郊野外无人的地方胡说一气

然后长叹一声

再回到屋檐下做一个谨慎木讷的绅士或淑女

1998.1

醒　来

无穷尽的旅程有如梦幻：
终点即是起点；无穷尽的梦幻延展，
从穷人的花朵到黑夜的乳头。
扫过一天的园子第二天还要重新清扫，
因此我从不夸耀我每天都有新生。

我醒来，醒在一把铁锁内，
也醒在一把雨伞中。
一把铁锁并不能阻挡真正的盗贼；
一把雨伞并不能将暴雨扛住。
但我们永远依靠我们靠不住的事物。

穿过门缝的蚂蚁又大又黑。
叮过我的蚊子我允许它再叮我一口。
一个基本的大地，一个
不与我们争辩的大地，
用清水涨满生锈的水龙头。

1998.5

即　景

电线。路标。星星的轨道。
能够改变的全都面向未来
剩下的一切只有现在

只有现在，我缓步穿过田野
正是青蛙叫嚷的时辰
我早已离开饭桌

在灌木丛中，塑料袋横挂
在冰窖的大铁门上
写着"闲人免进"

左边是山岗，右边是水库
工厂的黄烟扑过水面
垂钓的人们一无所获

而我同样晦气，看见一口猪

淹死在水库里！

垃圾就地堆起

废弃的工棚被摘走了电灯

任由老鼠们穿行和居住

我回望来路：大风。

一辆自行车在公路上疾驰

一顶草帽朝相反的方向飞去

1992.5，1997.5

深深的沉默

在不该说到幽灵的时刻

我硬是说到了幽灵

一些幽灵变成黑色而他们本无颜色

一些幽灵磨锐了嗓子而我们听不到

他们的歌。我们猜不透

一个悬挂在树枝上的人是否为我们

而死亡；我们无力规划

太空垃圾最终将堆放何处

星辰之间穿行的仙女

虽已疲倦却无处落脚

那尝在我们餐桌边绕飞的蜜蜂

此刻请求沉默……

沉默吧，水中的鱼、山中的教师

可惜我们的幻象已受到生活的阻塞

我们偶然到来

沿着临水的城墙漫步

我们沉默良久

找不到与虫鸣相称的话题

于是我硬是说到了幽灵（不管有没有）

因为月亮高悬在静夜的楼顶

照临湖水、山峦和我们

而月亮不同于世间的任何东西

1997.9

切·格瓦拉决定离去

切·格瓦拉决定离去

从皮革沙发中，从花里胡哨的小说旁

他将由此进入悲剧他并不知晓

在国家银行他已沉默了一星期

他点数阳光中的粒粒尘埃

他听到鳄鱼吃人的声音

这个被大地所担心的人决定重返大地

切·格瓦拉，青草的领袖

由于重返大地而保留下忧伤的权利

那些和生活调情的人已被生活宠坏

那些玩飞刀的汉子赢得了喝彩

而切·格瓦拉，松开拳头，打好背包

一旦他决定放弃，他就变成密码电报

震荡我们心灵的发报机

不辨血型的蚊子正在等待着吮吸他的血

只有营地上空的月亮干净，像一所小学

谣言消逝于耳畔，有点儿清冷
他吃完变质的罐头
准备迎接何塞·马蒂的亡灵
但他招呼的黑影没有答言
不祥的征兆悄然显现

首先燃烧的是帽子，然后是头发和思想
首先死去的是虫鸣，然后是雨滴和庄稼
切·格瓦拉，底片上的英雄
决定结束他的哮喘病
他从敌人中挑选出惊慌的刽子手
于是九发子弹打进他的肚子
另一发子弹打断他的肋骨

这就是大地所担心的人：诵诗的美男子
拥有简单的原则，但却是铁的原则
为此他的母亲发着低烧
而他的敌人梦见了星宿
他轻轻地咳嗽，他并未远走
但这却是一个他记忆中的世界，逗号
但这却是一首他不曾读过的诗，句号

2000.2

回答启明星 （45 断章）

1.

黑夜是七只螟蛾的睡眠
黎明是五位鲛人的歌声
正午是三只田鼠的爪痕
黄昏是一只乌鸦的阴影

2.

一杯清水
给过路的小鸟
痛饮

3.

三只母鸡
对着话筒

酣眠

4.

喜马拉雅山脉的九座冰峰。
我头脑中的九道难题。
九位先哲。
九位守身如玉的女神。

5．战国时代

我的脸还不是桃花
我的手还不是燕子
我还不是屈原——或者，甚至
我还不是他的同伴

6．陈胜

哭泣的营房。哭泣的石头。
马在雨中嘶鸣，满足血液的渴求。
同我并肩前进的人们　与我
分道扬镳，在雷电交加的十字路口

7．盲者

定命之赐的黑暗，你抚摸着——
今夜你抚摸你自己，摸出
这是一个人，一具肉体，不是灵魂。

8．

我呼吸，我的心脏会怎么想？
我呕吐，我的灵魂会怎么想？

9．

我泼出的每一滴水都变成飞鸟
我投出的每一块石头都自由地喧闹

10．

请原谅我沙哑的嗓音：
呼唤蝴蝶，蝴蝶便衰老
呼唤梨花，梨花便凋谢

11.

旷野上的读书人

被一个狂想激动

被一只小鸟制止

12.

我在旷野上放置七十二把铁椅

让它们空对北方的七十二颗大星

我的主题是：七十二贤人已经离去

13.

女人向大海敞开

海浪向月亮涌起

14.

在突然到来的孤寂里

很少关心自己的人不禁黯然啜泣

15.

史册搬进宫殿
宫殿搬进大火
你被遗漏在此
向往纯洁生活

16.《水浒》

太真实的事物反而失去了真实
你们杀人放火反而有传说的美丽

17.

淹没十八省的大水
不能淹没十八省的星星
十八省的星星照亮了
鱼的命、鸟的命、人的命

18.

我掰开菊花的脚趾
闻到的竟是香味

19.

啊，梅花
如果你不想嫁给我
就请你嫁给我的儿子

20.

春天的桃枝婀娜向上
爆出春花
像少女的腰身一夜成熟

21．但丁

飘浮在空中的云朵，我的
贝亚德丽采肃立其上
整个意大利只有我能望见她——
现在我写下《神曲》的第一行

22．《堂·吉诃德》

我的长矛空自渴望战斗

我的金币空自梦想着穷人

23.

一束阳光
投射到拾麦穗的
穷孩子手边

24.

谁敢说这个小近视眼将来不会是
一种新的酷刑的发明者?
谁敢说他不会第一个领略那酷刑?

25.

断绝子嗣的君王
受到众叛亲离的一击
一个内向而清削的女娃
在秋天吹灯怀孕

26.

赤县神州，有过许多大帅
都是土匪出身

27.

你诱惑一位少女——
来了她的哥哥

28. 辛亥革命 1911

钢枪。大炮。天使的营房。
那些凶狠的家伙
够他们一呛

29. 日俄旅顺监狱

走廊。尘土之门。月光之手
在辽东半岛的南端
一千名囚徒倾听大海的潮汐

30．庞德

孤独的埃兹拉·庞德剥开桔子皮
当月亮无声地滑过大西洋上空
埃兹拉·庞德想念全人类

31．

月下矿山，气温下降的矿山
你们该诅咒的生活
并不因我的赞美而改变

32．

大地上已没有人迹不到的地方
我的家
从前有他人居住

33．

当我的生活乱作一团
我的钟表走得异常准确

34.

乌鸦解决乌鸦的问题，
我解决我的问题。

35.

越孤独越要大宴宾客
越贫穷越要诵读诗篇

36.

远处的工地一派混乱
一座三十三层的大厦拔地而起
把三十三层黑暗堆入天空

37.

尚无人试过一枝铅笔
究竟能写出多少文字

38.

争吵夺去了我平稳的性格
书籍破坏了我单纯的思想
我在祖国的首都沉默了一晚上

39.

记忆里的黄昏。
幽灵的无可指摘的脚步。

40.

希望
像我墨水用尽前的最后一笔
像沉落的月亮又被大地弹起

41.

月光。
废弃的电影院。
一只豹子
在等待电影开始

42.

而自然本身并不在乎尘土覆盖
你何时听到过
野兽们抱怨尘土太多

43.

大野静寂
一条铺向月亮的铁轨笔直
大野静寂
一辆满载钞票的火车向月亮飞驰

44.

月球上的金属。月球上的尘埃。
空中的石头。掠过梦境的云彩。
有人到过那里，如今已经回来。

45.

日全食的上午，城市一片灰土

没有火，没有声音
一个人从我与太阳之间走过

1984—1995

我和你、我和他、我和我

1. 中年

头发变白会在怎样的风中？
牙齿落光需要怎样的疼痛？
神，仿佛中年人，肯定了自己的虚假。
绝代佳人入住老迈君王的宫廷。没用。
水果悄声细语，
落花初识寂静。
水池干涸，我没有倒影。
一条黄狗跟在我的身后，
一只马蜂绕着我的头颅飞行。

2. 传闻

听说徐州的黄河故道里又有水了——
我已多年不曾返回过我的出生地。
听说壶口十里龙槽的黄河水变清了——

赶上这样一个泥沙俱下的时代

我居然很少念及天人合一。

不知道这都是些好消息还是坏消息？

先读马克思，再读《搜神记》；

见过革命者，见过资本家；

河山大好，生活透着俗气；

刚有点儿得意，又金融危机。

活到四十五，忽然

好消息也不信。

坏消息也不信。

3.滋水的男孩

三个男孩在院子里滋水。

水滋到桃树，桃树就尖叫。

水从大地深处涌上来，

涌上来才知道

自己是加入了一场嬉闹。

一个男孩捏住胶皮水管的一头，

另一头插在银光闪闪的水龙头上。

三个男孩浑身透湿，

两个躲闪，

一个嘴唇发紫，

不停地傻笑。

4. 以海子的风格写首诗以纪念他辞世二十周年

凌晨四点

鸟叫声清脆

农贸市场中昨日污水的臭味尚未醒来

提款机里尚未被提走的人民币尚未醒来

小鸟的细嗓子

说明它们有薄薄的嘴唇

决定再睡十五分钟

和决定再睡六小时的人

不属于同一个阶级。

5. 注视

要是你注视一角天空，

便会有乌云在那里生成；

要是你注视一部电话机，

便会猛然间响起一阵电话铃。

所以别看，别注视，学会心不在焉

（在没有风格的街道，

在无照经营的小贩抢占地盘的黄昏），

除非你敢于对所有可能发生的事情

负责到底，

除非你料定这就是人生。

6. 内急

找不到厕所，

找到了女厕所，但找不到男厕所

（楼道里有人摔跟头的声音：

脸盆掉在地上，搪瓷磕掉一块）

找到了水房，但没有厕所。

找到楼外。安静的院子。但人多起来：

一个熟人，两个熟人，三个熟人。

打招呼，心不在焉，无法就地解决。

只好又回到楼内，

着急。女厕所在那里。

7. 故事梗概

她站在我身旁向我低声倾诉
用她幽香的身体，用她的灯笼裤。
我是否该同她共舞一回？她说：
一群盗贼砍走了她的石榴树。

盛夏之夜，即使灯光不太充足，
那也足够我看清她的面孔。
街头的鼓点惊散了她的目光。
我礼貌周全对她又有何用？

她那无用的沧桑感使她找错了人。
我俯首帖耳只为将错就错。
经过漫长的飞翔她飞进这间大厅。
我们共舞一回然后各奔西东。

8. 这些争取解放的姑娘

这些争取解放的姑娘，
这些有着把水搅浑的号召力的姑娘，
腰身一夜成熟，仿佛桃花开放。
这些刮风下雨的姑娘，

忽而极右，忽而极左，相互嫉妒，相互打击，

招不得惹不得。

她们写诗，经商，哇哇大哭；

她们瞧不起写诗、经商、哇哇大哭。

她们拍案而起，

忘了为什么要拍案而起。

她们解放了自己，然后上床休息。

9．梦见一架飞机撞向我

我劝它慢一点，慢一点，

别那么气势汹汹，别那么义愤填膺。

我该死吗？让我想想我的罪过！

一架飞机撞向我，

一个比一架飞机大得多的世界顷刻瓦解。

在我疯掉之前，在我晕掉之前，

我不值得被它冲撞，

但它已来到我的面前：

命运让我看到恶魔也是壮丽的！

我真该迎头向它撞去！

我该死吗？让我想想我的罪过。

1998—2010

无关紧要之歌

苍蝇叫不叫"苍蝇"无关紧要

它的嗡嗡声越来越大无关紧要

它喝了一肚子墨水撒出的尿全是蓝的无关紧要

它决定做一只优秀的苍蝇无关紧要

我们两人鸦雀无声

苍蝇飞走，房间里多了一个人无关紧要

他谈笑风生自得其乐无关紧要

他说他的聪明足以在天上吃得开，然后就走了

他是否成了天上最聪明的人无关紧要

我们两人鸦雀无声

鸦雀无声的还不仅只我们两人

还有窗外的电线杆和它移动的影子

电线杆上吊死一只风筝无关紧要

我们绕着电线杆跑了十万八千里无关紧要

2000.6

墙角之歌

我把一只乌鸦逼到墙角

我要它教给我飞行的诀窍

它唱着"大爷饶命"同时卸下翅膀

然后挣脱我,撒开细爪子奔向世俗的大道

我把一个老头逼到墙角

我要他承认我比他还老

他掏出钱包央求"大爷饶命!"

我稍一犹豫,他薅下我的金项链转身就逃。

我把一个姑娘逼到墙角

我要她赞美这世界的美好

她哆嗦着解开扣子说"大爷饶命!"

然后把自己变成一只 200 瓦的灯泡将我照耀

我把一头狗熊逼到墙角

我要它一口把我吃掉

它血口一张说"大爷饶命！"

我一掌打死它，并且就着月光把它吃掉

2002.6，2010.2

某　人

春天留在帽子里

秋天留在布衫里

早晨留在树梢上

傍晚留在茅坑里

荒山留在荒山上

碧水留在茶壶里

豪宅留在地图上

穷人留在阴沟里

三斤墨汁留在肠子里

一两虚汗留在血管里

唾沫留在店铺外

脏话留在象牙上

红留在红脸上

白留在白脸上

香和甜留在嘴唇上
咸和辣留在筷子上

怨留在左心室之西
憾留在泥丸宫之东
欲留在鸡巴之前
困留在眼皮之后

病留在野郎中手心
痛留在野狐狸肩头
夺命的雷电留在头顶
一双破鞋留在屋顶

肥皂留在天边
狗屎留在花间
鬼魂留在板凳上
影子留在酒盅旁

空留在镜子里
风留在火苗上
《古文观止》留在菜谱下
皇帝留在电视上

吞吞吐吐留在痰盂里

三心二意留在棋盘上

侠肝义胆留在烟尘里

一了百了留在枕头上

2002.7

自言自语

必须有不怕死的决心，
才敢于将废电池扔进旷野。

必须有不怕死的决心，
才敢于将磷酸盐排入河流。

在集市上任由自己说东家之长西家之短，
就是任由自己像鱼虾一样变臭。

而在自己的客厅里拉屎，
一点儿不亚于在别人的客厅里拉屎，

需要不怕死的决心，
或至少需要不怕疯掉的幽默感。

那赤脚走进玫瑰花丛的人，
他是在找死他是在找死；

那揪下每一朵玫瑰并且贱卖的人。

他不找死也是找死。

必须有不怕死的决心，

才敢于卖出自己像卖出一朵玫瑰花。

必须有双倍不怕死的决心，

才敢于什么都不卖却买来一切。

试试闯进乌鸦的行列吧，

看看是你还是乌鸦心跳得更猛烈。

而公老虎和母老虎的私房话，

必须是死过两次的人才敢于偷听。

必须是死过三次的人，

才敢于向蚂蚁开放他身上的每一条孔道。

必须是死过四次的人，

才敢于变成一只蝴蝶只关心日落和日出。

日出。那不怕死的人正好爬上山顶，
正好掏出照相机；

一架形如满月的 UFO 正好飞入他的镜头，
UFO 里正好坐着有一个青面獠牙的怪兽。

他懂得在星辰之间蹦来蹦去的乐趣，
就像你一不怕苦二不怕死，

懂得在行业之间蹦来跳去，
在人群之间倒立行走。

必须有不怕死的决心，
才敢于捏住鼻子尖声尖气地说这样很好。

必须有不怕死的决心，
才敢于在伟人面前把蠢话说出口。

把自己的心掏出来喂狗，
把自己的肉剁碎了喂老鹰，

是为了活着，既是为自己也是为他人，

为了活成一个只剩骨头的人。

必须有不怕死的决心，
才敢于一头扎进一个否定的想法哪儿都不去。

必须有不怕死的决心，
才敢于走到天尽头。

2002.7

平　原

在平原上走了很远
歇脚时第一个愿望是洗洗袜子，把它们晾干

*

平原上连人类的灵魂都是平坦的
树木直立的灵魂必是不同的灵魂

*

自甘堕落在平原上
好比麦子自甘成熟在平原上

*

当庄稼成熟时你无动于衷就是犯罪
当乡民们发呆你不发呆就是犯罪

*

母鸡在平原上下蛋
我在平原上支起一口锅。点火

*

需要谨慎对待黑暗
尤其是黑暗中传得太远的狗吠和鸟鸣

*

一千里的大雨，必有人被困在其中
勉强工作的电视机正播放一万里以外的新闻

*

转身，并不意味着回家
回家。并不意味着家还在原来的地方

*

把自己甩在身后也就是把厄运甩在身后
我为自己发明了这场游戏

*

我在荞麦皮枕头上动动脑袋
荞麦皮发出声音，这是平原的几乎听不见的声音

*

在平原上梦见平原是平常的事
在平原上梦见孔子就像孔子梦见周公一样不平常

2002.7

243

邻　居

我的邻居。我从未请他们吃过饭，我从未向他们借过钱。我暗下决心，如果我有女儿，绝不让她嫁给他们之中的任何人，因为他们几乎像我的近亲。

我能肯定他们住在我边上（住得太近，就在隔壁），但我不能肯定他们是一些鸟、一些兔子，还是一些狐狸（就像我不能肯定我自己是个什么东西）。

我们交换过对于物价、天气、中学生校服的看法，但我们从未交换过对于一个过路女孩的印象。我们交换过香烟和传染病，我们将继续交换香烟和传染病。

隔壁女人每经过我的房门，便会朝屋里张望。我关上房门，就能听到她消遣打嗝一如消遣歌唱。

她和她丈夫，在他们的房间里，肯定各占对角线上一个墙角：两人之间保持最大的距离，使家庭秘密保持疏朗的气息。

但我承认，我不关心他们灵魂的问题，或他们有无灵魂的问题。

邻居是偷听者、窃笑者、道德监督者。我因监督邻居的道德状况偶然高尚，而他们以传递小道消息的方式向我传递时代精神。

时代精神鼓舞老张，把房子租给三个姑娘。三个姑娘化浓妆，三个姑娘肚子疼，三个姑娘白天睡觉，傍晚洗脸，夜晚站在大街上。

时代精神鼓舞小李和小李，男人一和男人二，搂在床上，嬉笑，哭泣，做游戏。

大妈和大婶，像蜜蜂，蜇我的后背，嗡嗡嗡。我回头看见她们笑，她们发我一包耗子药。她们问我："吃了吗？"我说："耗子吃了就行了！"

半夜，耗子们围到我的床边，齐声招呼我："你好，老邻居！"我叫它全滚蛋。在这个家里我说了算。

我家漏雨，必是所有的邻居家都漏雨；我家断电，必是所有的邻居家都断电。我走在38度的空气里，所有的邻居也走在38度的空气里；我在自己的家里脱衣服，仿佛是在所有的邻居家里脱衣服。

墙壁太薄，我听见隔壁一家人在看电视连续剧《空镜子》。我连夜加厚墙壁，垒起一堵新墙，第二天晚上还是听见了《空镜子》的主题曲。

我缩在屋里连续七天不说话，不哼歌，不放屁，隔壁女人推门进来，为的是看看我的生活是否出了问题。

2003.10

蚊 子 志

一万只蚊子团结成一只老虎，减少至九千只团结成一只豹子，减少至八千只团结成一只走不动的黑猩猩。而一只蚊子就是一只蚊子。

一只吸血的蚊子，母蚊子，与水蛭、吸血鬼同归一类，还可加上吸血的官僚、地主、资本家。天下生物若按饮食习惯分类，可分为食肉者、食草者和吸血者。

在历史的缝隙间，到处是蚊子。它们见证乃至参与过砍头、车裂、黄河决堤、卖儿卖女，只是二十五史中没有一节述及蚊子。

我们今天撞上的蚊子，其祖先可追溯至女娲的时代。（女娲，美女也，至少《封神演义》中有此一说。女娲性喜蚊子，但《封神演义》中无此一说。）

但一只蚊子的寿限，几乎在一个日出与日落之间，或两个日出与日落之间，因此一只蚊子生平平均可见到四五个人或二三十口猪或一匹马。这意味着蚊子从未建立起有关善恶的观念。

有人不开窗，不开门，害怕进蚊子，他其实是被蚊子所拘禁。有人不得不上街头的厕所，当他被蚊子叮咬，他发现虽奇痒但似乎尚可容忍。

我来到世上的目的之一，便是被蚊子叮咬。它们在我的皮肤上扎进针管，它们在我的影子里相约纳凉，它们在我有毒的呼吸里昏死过去。

深夜，一个躺在床上半睡半醒的人自打耳光。他不是在反省，而是听见了蚊子的嗡嗡声。他的力量用得越大，他打死蚊子的几率越高，听起来他的自责越严厉。

那么蚊子死后变成谁？一个在我面前嗡嗡乱飞的人，他的前世必是一只蚊子。有些小女孩生得过于瘦小，我们通常也称她们为"蚊子"。

保护大自然，就是保护蚊子及其它，其中包括疟疾之神。保护大自然，同时加快清凉油制造业。就是努力将蚊子驱赶出大自然。但事实证明这极其困难。

把蚊子带上飞机，带上火车，带往异国他乡，能够加深我们的思乡之情，增强我们对于大地的认同感。每一次打开行李箱，都会飞出一只蚊子。

蚊子落过和蚊子不曾落过的地方，看上去没有区别，就像小偷摸过和小偷不曾摸过的地方，看上去也没有区别。细察小偷的行迹，放大镜里看见一只死去的蚊子。

2003.1

思想练习

尼采说"重估一切价值",那就让我们重估这一把牙刷的价值吧。牙刷也许不是牙刷?或牙刷也许并不仅仅是牙刷?如果我们拒绝重估牙刷的价值,我们就是重估了尼采的价值。

尼采思想,这让我们思想时有点恬不知耻。但难道我们不是在恬不知耻地模仿鸟雀歌唱,恬不知耻地模仿白云沉默?难道我们不是在恬不知耻地恬不知耻?

有时即使我们想不出个所以然,我们也假装思想,就像一只苍蝇从一个字爬到另一个字,假装能够读懂一首诗。许多人假装思想,这说明思想是一件美丽的事。

但秃子不需要梳子,老虎不需要兵器,傻瓜不需要思想。一个无所需要的人几乎是一个圣人,但圣人也需要去数一数铁桥上巨大的铆钉用以消遣。这是圣人与傻瓜的区别。

尼采说一个人必须每天发现二十四条真理才能睡个好觉。但首先，一个人不应该发现那么多真理，以免真理在这世上供大于求；其次，一个人发现那么多真理就别想睡觉。

所以我敢肯定，尼采是一个从未睡过觉的人；或即使他睡着了，他也是在梦游。一个梦游者从不会遇上另一个梦游者。尼采从未遇到过上帝，所以他宣告"上帝死了"。

那么尼采遇到过王国维吗？没有。遇到过鲁迅吗？没有。遇到过我这个恬不知耻的人吗？也没有。所以尼采这个人或许并不存在，就像"灵魂"这个词或许并无所指。

思想有如飞翔，而飞翔令人晕眩，这是我有时不愿意思想的原因。思想有如恶习，而恶习让人体会到生活的有滋有味，这是我有时愿意思想的原因。

我要求萝卜、白菜与我一同思想，我要求鸡鸭牛羊与我一同思想。思想是一种欲望，我要求所有的禁欲主

义者承认这一点，我也要求所有的纵欲主义者认识到
这一点。

那些运动员，运动，运动，直到把自己运动垮了为止。
那些看到太多事物的人，只好变成瞎子。为了停止思
想，你只好拼命思想。思想到变成一个白痴，也算没
有白白托生为一个人。

穷尽一个人，这是尼采的工作。穷尽一个人，就是让
他变成超人，就是让他拔掉所有的避雷针，并且把自
己像避雷针一样挑在大地之上。

关于思想的原则：1. 在闹市上思想是一回事，在溪水
边思想是另一回事。2. 思想不是填空练习，思想是另
起炉灶。3. 思想到极致的人，即使他悲观厌世，他也
会独自鼓掌大笑。

2004.2.20

反　常

最具视觉功夫的人竟然是个瞎子

　　　如果荷马不是瞎子，那创造了荷马的人必是瞎子

最瘦削的人后来变成了方面大耳

　　　释迦牟尼什么时候胖过，却被塑造成那般模样？

最博学淹通的人却要绝圣弃智

　　　庄周偏不告诉我们他如何在家乡勤学苦练，最终疾雷破山

最懂艺术的人只允许自己偶然吟哦

　　　柏拉图背诵着萨福的诗歌，销毁诗人们的户口，在理想国

最不该卿卿我我的人常驻温柔之乡

　　　仓央嘉措每每半夜出门，用一卷情歌烧毁了自己的宝座

最讲究情感的人也有不耐烦的时候

　　　卢梭把他的孩子们统统送进了孤儿院，并且仍然大谈情感

最称道酒神精神的人，尼采，尼采

酒神的最后一个儿子，滴酒不沾，却也在魏玛疯疯癫癫

2004.12

我藏着我的尾巴

我藏着我的尾巴，混迹于其他藏着尾巴的人们中间。

我俯下身来，以为会接近我的影子，但我的影子也俯下身来，摆出一副要逃跑的姿势。

喝一肚子凉水就能淹死全部的心里话。

走着，我摊开手，但我不祈求世间任何东西。但是，啊，有什么东西会自动落入我的掌心？

碎玻璃割破手指，不见蚊子飞来。

我练习双眼，练得像鹰眼一样锐利。终于可以看清一切，内心的无奈便无法逃避。

如果你走得太近，我就用不上望远镜了。我的望远镜专为看你而准备，你应该仅仅呆在远方。

街上的花瓣，是否西施的碎指甲？

我干过的蠢事别人再干，我无法阻止。我自己再干一遍，只是想显示我诡计多端。

既不能站在疯子一边对常人之恶束手无策，也不能站在常人一边对疯子之恶束手无策。

聪明人赶在天黑以前用完一天的理智。

抬头望月，我猛按车铃，同时忍不住像马一样朝月亮喷出响鼻。月亮上真安静。

星期二，吹熄的蜡烛上一缕青烟。

星期三，南方的苍蝇打败了北方的苍蝇。

我用汽车尾气招待聚会的老鼠。它们心满意足，一致同意：世界真该死，而它们不该死。

别吓唬人，去吓唬不是人的人吧，他们需要被吓唬，就像他们需要被讨好。

我用硬币在你的皮肤上压出图案。

你计算天空的重量。玩一玩，行。你若认真，我就只
好把你掐死。

夜晚的游荡者，我们避免相识。

2004.11

皮 肤 颂

枕头的褶皱压在皮肤上。小虫子的小爪子在皮肤上留
下印迹。拔火罐从皮肤之下拔出血点。有毒的血点。

皮肤。我寂静的表层。我这不曾遭受过酷刑的皮肤，
幻想着酷刑，就进入了历史，就长出了寂静的庄稼：
我这了无历史感的汗毛。

山水画在皮肤上。地图刺在皮肤上。纳粹的人皮灯罩。
乔叟时代英格兰的图书封皮用少女乳房的皮肤制成。

沙发，以牛皮为自己的皮肤，却不具有那死去动物的
灵魂。每一次从牛皮沙发上站起，我总是忍不住牛鸣
三声。

她的皮肤遇到了花朵：杨玉环。她的皮肤遇到了冰：
王昭君。那些我永远无法遇到的皮肤，我只是说说而
已。

但当我注目我潜伏着血管的皮肤，我也就看见了你清凉在夏季的皮肤。但我还想看见你的骨头。

无耻的骨头，裹着雅洁的皮肤，遇到什么样的皮肤它就会瞬间变得像骨头一样无耻？只有面颊懂得害羞和尴尬。

放大镜下皮肤的纹理。穿衣镜中皮肤的灰暗。麻子、痦子、疣子、鸡皮疙瘩。皮肤只将命运表达给能够读懂命运的人。

我的皮肤内装着我的疾病、快乐和幽暗。我的幽暗是灯光不能照亮的。

永久的七窍。临时性伤口。疼的皮肤。藏起来的皮肤。长在里面的皮肤。失去神经末梢的皮肤。死人的皮肤。

据说鬼魂没有皮肤也东游西逛。

据说太空人用皮肤来思想。

你用皮肤向我靠近，或者我用皮肤感受你的颤抖。我说不准你是否想要揭下我的皮肤去披到狼或者羊的身上。

2006.6

2006 年 8 月 6 日凌晨梦见热雨

我对我身体的温度毫无感觉。在身体状态正常的情况下人人如此。但热雨打在我的身上我敏感于它的热。这不是热带——即使在热带雨水也是凉的。这是热雨，是我迄今从未遇到过的事物。它预示着什么？或它是什么因造就的果？道路上偶尔有人与我擦肩而过。我是在走下一个山坡。我在一棵松树下遇到一个小男孩，他告诉我这是来自月亮的雨滴。我想如果真是这样那就更加奇怪了：我本以为从月亮上落下来的东西会是些冰屑或冰冷的石头。但这是热雨；再热一点就会比小时候母亲给我倒的洗脚水更热了；不过要是凉一点，我就不会觉得那和普通的雨水有什么区别，那将不过是雨水而已。我怀疑这热雨不是来自月亮。我怀疑这热雨落下意在给我一个困境。热雨打在我的脸上、脖子上，热雨打在我赤裸的手臂上——原来我的手臂是凉的呵。我有被烫伤的感觉。我叫了一声，声音尖细，不是我的声音。但对面山岭上竟有动物低声应和。我亦心忧，我亦心喜——我也许是置身于一个奇迹，我也许是行走于地狱——世间已经不再有奇迹了。我的身体开始灼痛。我梦见我躲进路边一座小屋，小屋中有一老人见我进来，面无表情，但将我推回热雨之中。我再次冲进小屋，想暂避这场热雨，却发现小屋里有了十位老人。他们将我再次推进热雨之中。土地上起了**雾霭**，天空变得窄小。热雨落在地上似乎是欢快的。我看见了对面山梁上白色的闪电。一股热泉忽然从背后追上我，将我冲下山坡，我在连滚带爬中惊醒。

2006.8

2006 年 3 月 13 日凌晨梦见女飞天

一个女人在我头顶飞旋，然后纵身向上。在她离我远去时，我看到她的左脚，具体说来是珠圆玉润的脚趾和柔软的脚心。我看到她向上延伸去的左边的小腿肚和更粗一圈的大腿，还有两条大腿之间幽暗的、温暖的街区。再向上就看不见了。可以看到凸出的两朵乳房，但是不完整。

在这个女人飞去之前，在她向我俯冲下来的时候，我看到她的头发，飞扬，浓密；我看到她的脸，脸上的每一个细节与任何一张脸孔一样又不一样。我没有能力说出那既是人类又不是人类的面孔。我看到她的两肩。有一瞬间我还注意到她的锁骨、她的乳房。再往后的身体就看不见了。偶尔看到她在空中蹬踏的双脚，好像在游泳池中。

她没有翅膀也没有彩带。她朴素地飞翔。那是真正自由的飞翔。她知道我在看她，但并未特别在意我的观看。也许她会以离开我的姿态再次降落在我的头上或身旁。如果她骑到我的脖子上，我能扛得住她的体重吗？也许她轻如三片羽毛，在我举手要抓住她时，她真会变成三片羽毛，而我抓不住任何一片。

2006.6.1

抵达意大利翁布利亚拉涅利城堡

花朵选择了红色便不再选择粉红色。它们在白天是红色，在夜晚也是红色。

断头的石头雕像　立在花丛中——曾经模仿某人形态的石头　现在仅仅是石头。

除草机轰响，除草工人整天忙碌。我们打过一次招呼，而这就算友情。

除草工人并不关心我飞越万里，在罗马落地，搭火车到佩鲁贾，再转汽车到翁拜提。

外来人住进城堡，轻手轻脚。但我却住进从前的谷仓，眺望雨打城堡的风景。

立刻想到了卡夫卡的城堡，立刻给自己安排角色，好像一个故事就要开始。

刺猬的小小干尸被我移出门外；用坏了的屏风我继续
使用。

不知如何转变才符合城堡对我的期待。吃完桌上的香
蕉　我便开始思考"文明"。

2006.8.6

蚂 蚁 劫

在我伸手去抓那个铁门把的时候，一只伏在门把上的
蚂蚁狠狠扎了我的右手食指。我不知它是用它的小钳
子刺了我一下，还是用它的嘴咬了我一口。我不知它
哪儿来那么大的力量，

在一瞬间，它把自己整个变成了一件武器。我疼得高
声叫骂，叫骂一只长约 1.5 厘米的既不算罕见也不算
常见的蚂蚁。这可能是它一生所能取得的最高成就：
叫一个人因它而疼痛。

仿佛灯泡里挑着的钨丝，蚂蚁的六条细腿适合它的存
在。它的身体，前半段明黄，后半段棕色，饱含汁水，
像两颗水滴焊接在一起。

两颗水滴焊接在一起就有了生命意志，这生命意志就
生出了蚂蚁举在头前的一对小钳子。无论蚂蚁还是螃
蟹，都使用这样的小钳子，只是型号大小各不相同。

我仔细观察这只蚂蚁，忍着刺痛。

在一阵深深的刺痛中我和一只蚂蚁相遇。海德格尔所说"人与世界的相遇"，没想到会以这样一种方式发生在我和蚂蚁之间。这只蚂蚁活着就要扎我一次；我活着就要因它而叫骂一回。

我生命的弧线弯到了它生命的弧线上，有点意思。弄死它吗？很容易。但它吃准了我不会弄死它。它迅速爬走，一副慌张的模样，同时假装对我的叫骂一无所知。

2006.8

一条迟写了二十二年的新闻报道

某省某县，我到过那里。二十二年前。

该地男人百分之八十讨生活于地下。

他们乘缆车下矿井，咣咣当当，下到两百米深处，然后乘翻斗车沿巷道来到掌子面上。他们黑色的雨靴踏着黑色的积水，头上的灯柱戳进黑暗。

地球内部，这里。滴水的声音。钢铁机器运转的声音。矿工大声说话的声音。

但地球像个聋子。也许巷道继续掘进，就能挖到据说灯火通明的阎王殿。

那时我一记者，随一老记者去报道这金矿的庆典：彩旗、气球、巨幅标语。开矿三十年庆典照搬开矿二十年庆典。

上级领导肯定他们的工作——鼓掌。银矿铜矿的准同行们献上祝贺——鼓掌。模范职工够模范,但先进事迹太先进;职工们胸前挂红花,自己给自己乐一乐。

我和我同事享受官员待遇,写报道,住宾馆,宾馆谦称"招待所"。

那时我年轻,对老同事言听计从。我们题目一起想,内容一起定,然后我写报道他歇着,风格认准老套的夸张,语文水平用到初二。

老同事满意我的工作,进而关心起我的生活。他的教诲:"将来要娶个好老婆。"他说幸福的生活必须有幸福的性生活作基础;"回头欢迎你到我家去做客。"

老记者显摆显摆,天地为之开阔。但后来我整夜想象何谓幸福的性生活。

他说地下没阳光啊,矿工们收工后必须到紫外线灯光下坐一坐,但还是有人就……那样了(但哪儿没有人那样呢?),所以他们的老婆——老记者很神秘——

有的就在地面上当了破鞋。

那时我年轻，有劲，读不进圣贤书，喜欢整个世界偏着黄色。

我以为"浪漫"的，其实是人性中备好的；我以为"浪漫"的，其实酸甜苦辣一样不缺。

但我谨守新闻纪律，从未想过要将此事写成新闻报道。他说的当然只属谈资，唏嘘一声就好，尽管满足了我对街头娘儿们的色情想象，但那当然微不足道；只有国家大事才重要。

但不知何故我牢记住此事直到今天。

老去或死去的矿工们不知道　我当年知道点儿他们的私生活。他们在巷道里掘进，黑脸，大块肌肉，肺里吸满金色粉尘，领回人民币自己的钱。

休息时他们传递脸盆里的啤酒，灌下去，好像喝完啤酒就要轮到他们背诵壮语豪言。北京什刹海边上那些喝啤酒的小子们　没有一个比他们更豪迈。

但我知道，他们中间有人阳痿，他们的老婆在地面上也许比他们更豪迈。

我现在有了把年龄，早不是记者，但想起这事，才看出其中的苦涩，以及它的意味深长，对我所理解的生活。

对不起，我知道了，将此事写出来并非浪费笔墨。而且，对不起，我的笔墨直到今天才允许我写出这件事，二十二年前听来的。

2007.3.12 纽约

山顶上的小教堂，山西汾阳附近

后山上暗红色的小教堂：村子里最体面的房屋。村子里唯一的公共厕所，坐落于讲卫生的小教堂一侧。

只有三块黑板的村庄。
村委会的黑板，在村委会门口的墙上；小学校的黑板，在唯一一间教室的墙上；小教堂的黑板，在神父宿舍的外墙上。村委会的黑板提倡计划生育；小学校的黑板只能演算简单的算术题；但小教堂的黑板上别有天地：上面一行拉丁文，照猫画虎，是那个意思。

村干部在哪里？

万里方圆之内
也不会有人认识这一行拉丁文！
它只是符号，代表说希伯来文、希腊文、拉丁文和中文的上帝。
奢侈的拉丁文！

公元一世纪的太阳。

从罗马到中国，从往昔到今日，

谁传递下这文字，使之在此褪色，然而依然奢侈？

小教堂内空无一人。下午的阳光透过玻璃窗，暖着木
椅和地面。地面上的蚂蚁说不准是否天主教的蚂蚁，
但小教堂台阶前两只散步的老母鸡的确是天主教的老
母鸡。它们对我说："神父去县城了，晚上才回来！"

我站在小教堂门前，

想象神父眺望远处的山峦。

山峦苍古，那取名若瑟的本地神父该如何眺望？

是何人在何时，把天主教带到这黄土高原？

是何人在何时，出资兴盖起这座小教堂，木板对联悬
在大门两旁？

小教堂关闭过多久又重新开放？

还是它一直开放因为这里是穷乡僻壤？

小教堂孤零零地俯览着四面的黄土塬子和山峁，俯览
着脚下的场院、场院南边的老戏台，以及一条公路，
绕着场院拐个弯。公路上松松垮垮地跑着运煤的黄河
大卡车。有一辆卡车嘎吱停下，司机跳下车，钻进路

旁的小卖部，买酒买烟，然后出门，蹲下。

远处山峦静立，或者说躺着。
从远处的山峦到这座小教堂尖顶上的十字架，天空灰蓝，
一只儒家鸟雀飞成道家鸟雀。
而天主教的鸟雀与道家鸟雀很难划清界限。
天空下，放羊的人发明着孤独者的游戏，
而放猪的人无论唱什么都会跑调。

我沿来路从小教堂下到村子里。没走几步，一个穿花衣
的女子忽然绕出一个柴禾垛，歪着脖子与我搭讪：

"哎哟，没见过这位大哥呐。大哥打哪儿来呀？"
"我从教堂下来。哦我从北京来。"
"大哥好福气呀住北京！还能来这小地方看风景。"
"北京的教堂可没这教堂滋味足哇！"
"我还没上过北京呐！我要去了北京才信上帝。"

我确信我是遇上了这里的狐狸精！

村干部在哪里？

狐狸精问我："我们这儿可好？"

我说："好。这儿闹黄鼠狼吗？"

狐狸精反驳我："好啥好呀，不会有北京好！"

我只好说："都好。都好。这儿闹黄鼠狼吗？"

2007.3.11 纽约

戈壁，敦煌附近

戈壁上的蚂蚁试图理解人类的默默无语。

戈壁上的沙蒿试图长出人类的生殖器，自我浇灌。

放胆想象一个女人的白屁股急急蹲下，被戈壁长风吹得冰凉。

————————————

绝了飞鸟，绝了苍蝇，绝了人烟，绝了趴下，绝了不省人事，绝了站起来。

被卡车撞死在路边的绵羊绝了奔赴天堂的念想。

天堂空着，就像戈壁空着，就像自生自灭的星斗其实它们每一个都是空着的。

大路向西一直直，沙砾所允许的。横越万里的一次火
拼或偷情，沙砾所不屑于阻拦的。

路旁的空酒瓶拱出绿色，像草；它们自电线杆竖起在
戈壁上，就埋进了沙子里。

废轮胎、黑橡胶，大戈壁上深深的黑；但那什么都不是。

我也什么都不是，如同不自知用处何在的废墙壁。

小雨来临。阴天里大地白于天空，黑戈壁白于白戈壁。

白戈壁上的白云城寨里白云翻滚，但什么也不发生。

有人居然定居于戈壁！风起关门，他听见沙子打在木
门上。那不是人敲门的声音。也不是人撬门的声音。

红砖标语牌砌在黑戈壁上："破坏管道，国法不容！"

又五十里开外，另一堵标语牌："依法禁毒，构建和谐！"

哎呀，与其在戈壁上构建和谐不如在戈壁上大吃大喝；与其在戈壁上犯错误不如在戈壁上不犯错误。

———————————————

我有迎风不倒的嗓子。但在戈壁上，我说话像一个哑巴。

关于坏人好人，我回答儿子如下："也许有一个坏人偷偷做一个好人，并为此而害羞。"儿子不解。我以自身为例告诉他："我公开做一个好人不是为了你；我秘密做一个好人才是为了你呀。"儿子一脸困惑。

戈壁鬼拦住我斥叫："你算什么好人！"另一个戈壁鬼凑过来说："放他过去吧。"

————————————————

我惊讶于一脸严肃的戈壁鬼居然是洗了脸的，还刮了胡子。

而银闪闪的远方，等着赚我三毛钱的老坏蛋和小坏蛋、男坏蛋和女坏蛋，在小饭馆里准备好了白奶豆腐和红奶豆腐。

————————————————

向导说：前边就是唐代的疏勒河了，但它已隐入地下，好像见不得今人。

向导说：前边可以找到汉朝的草鞋，在博物馆，那破玩意儿真有人拿它当宝贝！

向导说：前边就是县委县政府了，其宗旨是关心人民的疾苦。

————————————————

县政府紧邻一所中学。中学喇叭里的广播体操音乐是戈壁上最文明的音乐。

那里的黑板当然需要大话和空话：可以理解，想说就说吧。

向导说：再往前，连鸟都看不见的地方，还看得见苍蝇。再往前，连苍蝇都看不见的地方，会见到解放军。请准备好说：谢谢！

2009.7.6 斯图加特，2022.2.28 修改

书于汶川大地震后一个月

不知道如何面对这么多人同时死去。

不知道地质学语言能否在瞬间获得道德语言的力量。

语言变得简单，

打击如此直接。

既无力安慰他人，

也无力安慰自己。

错愕。盯住报纸上的图片。连片倒塌的房屋和孤零零的树。

街道从此为死者而宽阔。下雨了。

不知道是否可以哭一会儿，

好受一点儿，

再哭一会儿，

再好受一点儿。不知道实话是否可以说出口；

还是闷着，憋着，忍着，

对死亡敬畏着。

不知道在悲痛之后能否喝上一小口。

不知道钱捐得够不够。

此刻的贪污犯都该死。

此刻的抒情都该拒绝。

但是连山岭和山岭都变得素不相识。

歪瓜裂枣当可以原谅。

躲在人群中缩小自己。不知道是否该敞开家门：

你们来吃吧，住吧，用吧，拿吧。

让出自己的人，

不知道是否该把自己变成一个小政府或一个临时民政部。

停步，老去。下雨了。

什么都不写。写了也白搭。

诗歌不应趁他人的死难而复活。

蚊子叮人，像往常一样说不上快乐。

雨水布置下寂静的夜晚，

我睡，睡不着。

诗歌需要几片树叶、一阵小凉风和一颗白月亮。

下巴上长出胡子茬。内心的温柔向着陌生的死者。

2008.6.21

桥梓镇邢镇长委托我为桥梓人
和桥梓大枣写一首广告诗

桥梓人就是住在东经 116°31'，北纬 44°20'的人，
就是住得离 108 种枣树不太远的人，
就是认识"枠枠枣"的"枠"这个字眼儿的人。

北京之北，怀柔之西南，平原浅山之地名"桥梓"。
桥梓人就是 130 年来夜晚闻着枣香入睡的人，
就是在八月底比别处的人多件心事——要收获大枣的人。

"大枣"不大，但努力长成脆而甜的"大枣"，
以便会合这世上的大人、大树、大太阳，
就像桥梓人走在桥梓镇的街上，同时也是走在世界上。

错过一颗枣你就错过了这世间的一种滋味。
错过一颗枠枠枣你就错过了认识"枠"这个字眼儿的机会——
它的意思是"小中有大"，就像桥梓这个地方。

停步或停车在桥梓，就是停在了离枣树不太远的地方。

停步或停车在这八月底的桥梓，你也许就是一个

像籴籴枣一样懂得甜是怎么一回事的人。

2009

俗气及其他

俗气，就是有点人间气

就是不超前，就是落后时代 30 秒，但也不能落后太多。

说到俗气——生活俗气一点就舒服一点，舒服一点就

感觉世界美好一点；

我每天醒来可不是为了看到一个糟糕的世界。

如果你认为我已放弃了理想，这是你的看法。你也许

会说我这是在凑合，说就说吧。

那么凑合：在法律允许的情况下我凑合着。

我并不为此而脸红。我喝最好的茶，听最好的音乐。

我从不靠近法律划出的边界，法律就是一条狗，你不

走近它它就不出声。

所以和边界保持 3 公里距离是适宜的，所以应该守法

地走在马路的右侧。

靠右行你并非不能回家（有时需要绕个远），靠左行

你有可能就一路走到了天国。

那么边界：边界是别人划定的，

他们一定有道理，尽管不一定是我的道理。我这样
　　说　说明我活成了别人。

但我活着，请为我鼓掌。我这样说　说明我活出了一
　　种境界——不是你说的"境界"。

老是边界在胸的人一定是准备越界的。越到边界那边
　　有什么好？

我想他们在那边一定缺吃少喝。或者他们并不缺吃少
　　喝却依然闷闷不乐。

那么闷闷不乐：有些人欣赏这种状态。

他们说一个朝气蓬勃、天天向上的人怎能理解月亮的
　　忧伤。

他们是艺术家，他们是不满意的人，他们是批判者。

可月亮有什么好忧伤的——它又没有眼神儿和肚脐。
　　说月亮忧伤的人一定是疯了。

登月旅行活动一旦开始，我建议首先把他们送上月球
　　并且不许他们买回程票。

2010.10.2

论 摄 影

风景，拍下来，回头再看，
看见了一个近视眼没看见的东西：
那些事物的阴影，那些不甚美丽的东西；
一个人坐在石头上，很小，
开始没注意，此刻看见了。

房屋，拍下来，回头再看，
看一座房屋，干净的，窗帘拉开的，空的。
使用房屋的人不在房屋里，
仿佛站在我身后，说，拍吧，
我不在那里。

女人，拍下来，回头再看，
看一个女人，看见她的某时某刻。
看见她自己不曾看见的自己：
她的只属于某时某刻的脸、
衬衫下的乳房，她坐下时腰间的肉。

2009.11

骨　头

1

我鞠躬时我的骨头是僵直的；
我的骨头鞠躬时
我总是跟不上它的节奏。
这也许就是我自己跟自己
闹别扭的原因。

2

小燕子，你进来，你喝杯茶。
在我小时候我可以劈叉给你看。
现在我的骨头不听话了，
我想劈叉也劈不下去了，
那你就劈个叉给我看看吧。

2009

八 段 诗

1. 哪一朵色情的桃花

哪一朵色情的桃花曾梦见过这只多汁的桃子现在被我咬下一
　　口
并想到这个问题在西王母的蟠桃园中？
我，齐天大圣，偷偷地进来，还得偷偷地出去。

2. 面向大海

面向大海，背向城市。
意图面向海底的城市，珊瑚和水母的城市，5万年前的城市，
却看见了空中的城市，那里游荡着狗熊和山猫，是没有时间的
　　城市。

3. 习惯性想象

一想到蛇，必是毒蛇，仿佛除了毒蛇没有蛇；
一想到鲨鱼，必是吃人的鲨鱼，仿佛全世界都是迪斯尼。

对那些无害的蛇和鲨鱼，作为一个成熟的男人，我要说一声"对
　　不起"。

4．新江南

天空阴沉这是旧江南。新时代的小鸟飞在旧江南的天空。
旧江南的江面上机动渡轮半新不旧，虽新而旧，走着旧日的
　　斜线。
对岸的楼房盖得比山岭高出一截这已是百分百的新江南。

5．传统和鬼

有传统的地方人多鬼多，甚至人少鬼多，甚至无人而有鬼。
听一人讲话我知道他是鬼，但我不愿点破：
害怕吓着鬼自己，同时也吓着听他讲话的其他人。

6．关于原子弹的对话

同事说：我反对原子弹掉下来炸我一个人！
另一位同事说：如果原子弹哑了火，真有可能掉下来砸死你！
再一位同事说：什么境界呀你们这是？要是原子弹袭来你们
　　先撤，我顶着！

7. 老演员

老演员演别人，一辈子活六十辈子，可以了。

终于到了戏演完的时候，酸甜苦辣还在继续。

老演员演别人终于演到了自己的死。请安静一会儿，请关灯。

8. 小演员

化了装的准备登台的小姑娘粉衣粉裤，肩膀露在风里。

她既不快乐也不悲伤，像其他小姑娘一样。

在迈步登上那古老的露天舞台之前的一瞬间　她提了提裤子。

2009，2011

访北岛于美国伊力诺伊州伯洛伊特小镇。
2002 年 9 月

一千吨乌云
像大草原上散开的蒙古骑兵呼啦移过伯洛伊特上空

一千吨乌云分出十吨乌云
砸向伯洛伊特像蒙古骑兵搂草打兔子绝不放过哪怕衰
　　败不堪的小镇

翻开落叶，是溺死的昆虫
走进空屋，会撞见湿漉漉的鬼魂颤抖个不停

小汽车抵达小旅馆
小旅馆的吸烟房间里烟味淤积不散即使打开屋门

这吸烟的过客一天要吸三包烟吗？其忧郁和破罐子破
　　摔的程度可以想见
而本地人忧郁更甚

眼见得镇子上的一半橱窗空空如也

却绝不动起吸烟的念头，这真对得起停车场上寂寞飘

　　扬的美国国旗

这是三岔路口上的伯洛伊特

只有两三个人在银行的台阶上低声交谈

只有一个人在借来的白房子里

用菜刀剖开紫茄子，相信烧一手好菜就能交到朋友

黄昏过后是夜晚

夜晚过后是只能如此、只好如此的流亡者的秋天

秋天将树叶一把揪走

只有一个人为此而心寒，瑟缩为一个原子

并且伸手捂住他桌上的纸页

仿佛天际一阵大风越过了地平线来到面前

2002.9，2009.8

与芒克等同游白洋淀集市有感。
2004 年 7 月

太阳有多亮我不知道

但太阳晃得老汉双眼含光我看到了

太阳照耀多少人聚在集市上我不知道

但太阳让锅碗瓢勺开口说话我听到了

太阳怎样煽动庄稼生长我不知道

但被太阳焐馊的饭菜我闻到了

太阳怎样提携村干部我不知道

但省长训斥地委书记不同于镇长训斥村支部书记我知道

人间的集市。集市上的塑料凉鞋

塑料凉鞋里臭烘烘的脚

上海发卡卡不出河北姑娘的阶级味道

河北姑娘不稀罕白洋淀的菱角

白洋淀的水域在太阳下渐渐缩小
有抗日老英雄一直活到今朝卷入市场经济的大潮

太阳能否照进阴间我不知道
但摆放在太阳下的冥币使阴间通货膨胀我猜到了

太阳像赶牲口一样把人赶得到处乱跑
跑到集市上的人是不是牲口我不知道

但一个人在集市上混半天或一天
然后还得比牲口体面一点地回到自己的槽头我想我知道

人有了钱抽口烟，牲口有了钱睡个眠
白洋淀上的清风干净地吹着我想我知道

2004.7.22，2009.8.19

特拉克尔故居，奥地利萨尔茨堡。
2009 年 7 月

早上一场雨，晚上一场雨
雨落在特拉克尔的庭院时我不在那里

被铁钉钉入的石柱撑住一楼的走廊
走廊边的石台深井被盖上了铁箅子

寂静中仿佛听到等同于尖叫的叹息
回想哥哥的小妹只好捂住粉嫩的耳朵

少年人怎禁得住血浆喷射的摧毁
他写忧郁的诗、紧握事物的诗，害怕

被横拖过黄昏的原野，被丢弃在
一个将要做新娘的姑娘偶然穿过的密林

他死于 1914 年。到如今，知道他

并且谈论他的人已可以和他拉开距离

在萨尔茨堡，他只使用过一座庭院中的
一道黑色的楼梯和一道现在上了锁的小门

他的花瓣在井台的青苔上睡出紫红
但无人从那二楼洁白的窗口向外扔东西

鬼魂特拉克尔知道：他伟大的
邻居莫扎特，大活人，糖球生意做得很好

而他一无所长即使在他成为鬼魂之后
他只会有时在庭院中旋起小风一阵

让他自己也会轻蔑的小动作他一做再做
小快乐中套着小难过，小难过中套着大难过

三个青年闪过他家庭院的大门口
他疾步跟上他们，但依然不是第四个

2009.7.4 萨尔茨堡

数次航行在大海上

徐福的大海、郑和的大海、哥伦布的大海、索马里海盗的大海，是一样的大海。

苏轼所说的空蒙的大海，他所惧怕的大海，他所跨越的琼州海峡。哦，失魂落魄的他。

谢安游海，不知他所乘船只的吨位。风来浪起。哦，稳坐的他。

李白欲学安期生东海骑长鲸，终于溺死于江水而不是海水。大海终始是他想象的对象。

秦始皇连弩射长鲸声如奔雷。凭噪声可知其帝国的强盛。

别人的文明由海水里诞生？咸的是吗？我的文明由泥土里抽芽？苦的是吗？

大海空蒙，海水冰冷，25分钟可以致落水者死命。

若阿芙洛狄忒忽然，站在巨大的贝壳上冒出水面，她必满身鸡皮疙瘩才对是吗？她那一对波提切利的小乳房必如海水一般冰冷，乳晕缩在乳头周围。

大海浪漫而可怕，特别是在雨天，在傍晚，在寒风里。

我已数次航行在欧洲和北美洲的大海上。记忆着"大海航行靠舵手"的警句,使我不同于其他渡海者。我理解该警句的意思就是把命交给舵手,就是自我放弃,就是革命同时宿命。

舵手他此刻或许在读报,像放任飞机自动飞行的飞行员,甚至把报纸盖在脸上打盹。

我已数次航行在大海上:去年行走于出产白色大理石的帕洛斯岛与野狗乱睡的雅典之间,

今次行走于九种色彩的维多利亚与七种色彩的温哥华之间。大海是一样的。

轮船,钢铁巨物。轻易地漂浮。

与我同行的 Joan 在船舱里批改学生的作业。

甲板上有盖着毛毯睡在风中的姑娘、站在舱门口坚持吸烟斗的老头、扶着栏杆发呆的青年、抱着孩子走来走去的中年妇女。但没有三峡渡轮上卖花生米遭到鄙视的脏兮兮的小女孩。

远处另一艘轮船如巨鞋漂浮在海面。泰坦尼克号撞向冰山。

我站在甲板上，等待长鲸跃出水面：长须鲸或座头鲸。
我见过长须鲸的模型，在纽约自然历史博物馆；
也见过它比盐更白的骨头如海上漂木横放在 Port
Renfrew 的一家路边餐厅里。我在那里要过一份煎三
文鱼炸薯条。

但，没有长鲸跃出水面。我的梦想落空不算啥，但让
李白的梦想落空该是老天的刁难。
我已读破 10 万卷书行过 10 万里路。但没有长鲸跃出
水面。
或许向生活要求美丽甚至壮丽的报答乃是奢侈的僭
越。不能这样。
岛屿一一掠过。海面瞬间广大。白色的海鸥落在白色
的船舱顶上。大海由蓝色变成灰色变成黑色。看见岛
屿上的灯光一霎心动。

海风越刮越猛。朱湘蹈海没有明确的诉求。惨白的巨
浪仿佛由船尾喷射而出。

2009.10.27 维多利亚

三次走在通向卡德波罗海湾的
同一条路上

第 一 次

出门向右，遇路向左，上大路右行。经过松树、柏树、枫树、杨树，一路下坡，看见了海湾。经过拉着窗帘的白房子——要是中国的乡村建筑也开始讲究色彩搭配；经过门前停着一部除草机的灰房子——要是中国的乡村建筑周围也开始讲究园艺。向前走，右边一家为退休老人服务的诊所，没有就诊的人；左边一条岔路，不知通向何方，再向前，一排商店卖本地产水果、蔬菜，还有国际标准化的文具、药品、汽车配件；它的西端一家星巴克，常常是没有人的。经过一个公共厕所，男厕和女厕两门并立，到停车场，先看见狗，又看见海鸥和乌鸦，再向前，就是几百万年来天天如此大海。

第 二 次

疾走于公路旁的辅路,一头雄鹿从树林里窜出,在距我七步远的地方横越过辅路和公路,窜步到公路的另一侧,站在草地上回望我。公路上车辆稀少,但仍有车辆驶过。这头雄鹿在公路的另一侧回望我。我停下脚步。时间在下午5点左右。秋天正从树枝上挥下生长了近7个月的树叶。草地依然绿色,但树木呈七种色彩。印象主义的凉意。那头头上生角的雄鹿,没有同伴。它的生活基本隐蔽。它或许曾在林叶中注视过我。于是决心让我也看见它。我看见了它,但不会它的语言,只能分享其沉默约5分钟。当我继续走路,我意识到,我所知的自然中包括进了这头雄鹿。一种感激之情油然而生。

第 三 次

沿路走下这高坡。回头看,没有车辆,也没有人。继续走,忽然没来由地觉得身后,自那高坡上,云雾滚滚而来,猪群滚滚而来,人群滚滚而来。不再回头了。前面是海湾。我知道10月的风正跟随着我,自那高坡上,天空滚滚而来。听见了乌鸦的叫声,在前方。而我身后，70 年代滚滚而来，80 年代滚滚而来，理想主义的艳遇和争吵滚滚而来，虚无主义的破罐子破摔滚滚而来。我慢慢走，不回头，不让他们看见我难过的样子。我慢慢走，他们就跟着我，我就是走在最前头的人。身后哭声骂声笑声歌声混成大时代之声。已经看见海湾了，可以停步了，转过身来。一个人也没有。

2009.9.29 维多利亚

连 阴 雨

不是长头发——是长毛——是石头上长毛   是面包上长毛

是连阴雨

是连阴雨让   衣服长毛   心灵长毛——这是衰朽的内驱力

让木头长出蘑菇   让口腔长出溃疡——同一种力量

让爱长毛——爱   不是需要毛吗？

让抒情长毛——这才能显现出不长毛的抒情——中老年的抒情

长毛就是长醭——我妈说   就是发霉——我爸说

长毛在瓦片上   在夜晚 11 点以后的街道上

钟表的滴答声——

雨说话的哑嗓子——

长出犯罪者   徘徊者   犹豫不决者——这是连阴雨的效果

淋湿的女人——

80 天的连阴雨——还不算长久

80 天的连阴雨覆盖 30 万平方公里的土地和大海——还不算
　　广大

淋湿的女人孤独而可怜——

是连阴雨　让鞋子进水　湿了袜子——脚冰凉
然后水推进在人的身体里
从下往上　顶到大脑——那里一片汪洋
连阴雨下在汪洋大海之上——货船驶向亚洲——雨下在日本
　　的庭院里

有人老去　在中国——
雨下在远离岸边的工厂里　下在乡下
厨房的屋檐上　水滴滴个不停——饭菜备好　在不好不坏的
　　年头

在不好不坏的年头产生不好不坏的念头——
有人死去
运气不好的人　不甘心　遂移居到城里——半个人不认识

穷人和富人　长一样的毛
但富人并不担心——可以扔掉长毛的东西——不包括他们自己

307

好经济和坏经济　长一样的毛

但好经济知道　怎样做长毛的生意——

能够避开连阴雨的事物　避不开长毛

愤愤不平者的诅咒——

内在的生活膨胀——

海鸥和乌鸦　个头巨大——

小超市里的黄瓜　个头巨大——这是连阴雨的缘故吗?

门轴膨胀——开门的声音——狗乱叫

狗乱叫的内驱力　也就是楼上脚步声的内驱力

也就是衰朽的内驱力——朝向死亡的内驱力

表现在连阴雨之中　就是长毛

就是秃顶的人不长头发而长毛——这也就是新生

发霉然后新生——

在雨中——

这是连阴雨的力量，看吧——

2009.10.19　维多利亚

我思想的群星来到芝加哥上空

我思想的群星来到芝加哥上空

其中一颗下降，沿希尔斯大厦顶部的两根电线杆下滑

芝加哥人喜欢立电线杆于大楼楼顶

就像北京人喜欢在三十三层楼上加盖太和殿的歇山脊

或者在三十四层的楼顶四角设立四尊白水泥天使

芝加哥摩天楼顶部的电线杆不同于第三世界的电线杆立在狭

　　窄的街道旁

被乱麻般的电线拉扯，被三轮车和暴发户的兰博基尼冲撞。

我的十万八千颗星星，思想的星星，停在无云的空中有如

　　UFO 静止的巨阵

俯视这帝国主义的钢花铁水：

这电力的奇迹、石油的奇迹、蜿蜒于高密度楼宇之间的铁轨

　　的奇迹

我的一颗星星下降当一架小飞机大摇大摆地掠过曾经是洋葱

　　头遍地的芝加哥

我的星星没见过世面所以小心眼儿

它要用金刚小刀撬下芝加哥路灯灯罩上的红玛瑙

还要刮下百货商店前毕加索那并非上乘之作却大名鼎鼎的雕
　　塑上的红漆

还要堵住玉米大楼里每一辆汽车的排气孔

芝加哥也是一群星星约三百六十万颗没心没肺疯狂闪亮

是泰山般的资本没心没肺，是天才的大脑、秃脑门或茂密的
　　头发疯狂闪亮

那来自五大湖的风

嗖嗖吹起身高二十米的永恒巨星玛丽莲·梦露的白裙子

而只有身高二十三米的男子，更大的星星，才能将她抱在怀
　　里

他们的色情不是我们的色情

于是来自中国的吸烟者闷闷不乐，不合时宜地点燃手中赞美
　　恶习的烟卷

不论何处都有不知如何使用自由的人（不是开玩笑）

只有芝加哥人懂得如何使用自由，所以他们抗议，罢工，做爱，
　　依赖咖啡

依赖远方老旧的缝纫机坚持低成本劳作以支持本地的时尚

而无情的石油老虎、蛮干的电力大猩猩

远道来到芝加哥，化妆成石油的小猫和电力的小猴子

这是伟大的城市，星星吵闹的地方

世界围绕着它选择暗淡

三百六十万颗星星遮蔽三百六十万个欠账不愁的懒鬼

三百六十万个游手好闲的梦想家为暗淡的世界贡献价值观、

　　诗歌和垃圾

我思想的群星路经芝加哥上空

顺手从地上拉起因歌舞过久而显得疲倦的芝加哥（一出歌舞

　　剧）

那安静的桥梁将身子耸得更高些

黎明，桥梁上有孤独者再看一遍他熟悉的风景

感觉世界如此壮丽如此陌生。

　　　　　　　　　　　　　　　　　　　2011.12.11

走过湘西洪江古商城

被遗弃的老人

　　活到94，白白净净依然活着，注视着陌生的来人

　　进出昏暗的窨子屋，话很少。

被遗弃的中年人

　　清代小官吏打扮，在另一座窨子屋里，表演清官断案，

　　娱人娱己而已，可领到少许工资。

他老婆还是他老婆

　　大汗满脸，洗菜用水，切菜出声，炒菜起油烟，

　　盼望搬进山上的新房，遗弃这本属他人的旧居

三十年代的小军阀遗弃了洪江

　　四十年代的土匪遗弃了青楼

　　五十年代的掌柜的为国家捐罢飞机就遗弃了柜台

打寿材的手艺

被一个初中文化的青年继承下来

这类生意任你天翻地覆将持续到地老天荒

好风景总是破旧的

墙上褪色的标语表达过革命，现在留给游人

枪毙过反革命的路口现在留给了新型资本主义

而旧资本主义退回

农业的月色，被埋葬于江声、老鼠的叽叽叫

和鬼魂的附庸风雅的吟诵

在某间旧油号的地下

几吨旧黄金重现，归了政府，不知是否又重新

流通回社会？——受不了得势者的哈哈大笑。

沅江和巫水依旧汇流于旧地

运桐油的大船是否会为开发旅游，响应号召

而从水下开回旧码头？

2010.7.30

凤凰，沈从文先生没写到的

沱江上游某处，某人等待时机。

某人半肚子诗情画意，外加半肚子冲天怨气。

他注视着沱江远下凤凰城，好像那里住了一城的亲戚。

沱江注入凤凰城，过三孔桥，撞万寿宫。

地方太美丽了难怪挤住下太多的人。

两岸的木房子挤挤挨挨，据说古来如此，

害怕瘫入江水的吊脚楼，以木杆自撑，据说古来如此。

诗情画意在沱江上游下了狠心：

要干一回！要干一回！——他要到吊脚楼下扔垃圾，

灭灭凤凰城里旅游业的灯红酒绿。

他愤怒出灵感像一个发疯的艺术家嗷嗷叫成一只大猩猩，

老天爷看在眼里，就借给他一场哗啦啦的大暴雨。

沱江上的水手们赶忙收船，

没承想帮了吊脚楼里的酒吧间使它们人满为患。

大雨暴涨江面，上游和支流寂寞的垃圾
有了在凤凰城露脸的好时机。
凤凰城原本因落伍而美丽，现在因小资而美丽，
可一霎时，既没了她的沈从文也没了她的黄永玉。

书记觉得丢人，游客认出现实。
凤凰人习以为常，专业清垃圾的汉子下到江里。
凤凰不是凤凰已历多时，
正好可以借江面浮满废塑料瓶和一次性快餐盒喘口气。

发疯的大猩猩擤了擤鼻涕，乘回风兮载云旗，
回到沱江上游变回诗情画意。
赶去逮捕他的公安局没能认出他来便只好回去。
凤凰城依旧美丽期待着更美丽那个咿呀喂！

2010.7.30

晨光，西宁

晨光中的南禅寺只给我侧脸
晨光照耀它仿佛带有专门眷顾的含义

清凉的街道，尚未蜂拥的汽车跑得像马车，尾气就是粪便
而骑车上班的西北人全是默默无声的冷面孔

我寻找爱上这座城市的理由
八月，上高原，才知天高地厚

羊肉泡馍馆比银行开门更早，但有什么用？赚小钱而已
咖啡馆里的服务员从不费心想象她顾客的身份
除非与顾客吵了架，躲在墙角里痛定思痛

自我安慰的理论是：无论入错行入对行都是人生
就像无论走过多少弯路看到的全是风景

来自东南的人或许原本来自东北

远在东北的人或许家在西宁

在老旧的宾馆里，一个姑娘起床，用冷水刷牙，洗脸
将一小堆零碎装进她的大背包准备出门
晨光找到她的头发、耳朵、嘴唇和眼睛

2011.8.16

拉萨之于我

书本中的西藏，我读过 4000 页或 5000 页，但我至今不曾到过拉萨。

在新疆海拔 4600 米的苏巴什达坂上，我曾光膀子感谢我正常跳动的心脏但我拿不准，在海拔 3700 米的拉萨，我会否晕趴下。

我曾当着某某、某某和詹姆斯某某，激烈反对过某某要把他的艺术品慷慨地摆进布达拉。那是在北京一家星巴克适合阅读时尚杂志的灯光下。

我说："空房子最好空着它。"他回应道："艺术嘛，玩儿玩儿吧。"——这玩世的唾沫喷自他国际范儿的嘴巴。

他不理解我对空山、空城、空房子的客气话。

全世界的冒险家都带着垃圾去丢到喜马拉雅。全世界高人一等的道德家都敬仰香格里拉高人三等的说英语的喇嘛。

而此刻，全世界的我都站在距拉萨直线 5000 里远的地方，爱着缺氧不缺寺庙、经幡的拉萨。有一种远方我们不能轻易到达。

纳粹也爱拉萨，爱了 7 年，进入电影故事。日本间谍曾当上藏军将领，然后回到日本寂寞的家，听雨，喝茶。

拉萨的肉某某天天大酒。我在北京三次见过这远方寻欢作乐的诗意的肉王子。

拉萨那并不神圣的居民楼里，一定还有人记得瘦小的某某当年讲过的肥艳的笑话。

唱完《青藏高原》，某某就出家当了尼姑。唱过《回到拉萨》，某某是否真回到了那小资的拉萨，看雪莲花，闻雪莲花，吃雪莲花，拉雪莲花?

有一种远方可以走近；有一种远方会越退越远；还有一种远方比如拉萨，到达了也像没到达，就是说我们不能轻易到达。

通过冻土的铁路。擦着藏羚羊肚皮飞奔的列车。偷猎的枪声。大寂静。文静的某某什么都没听见一路拍下3000张壮丽的图画。

想起诗人某某讲过的拉萨四周荒山上的野狗，想起另一个诗人某某在拉萨肚子疼得直打滚，怀里揣着刚从旃檀寺偷出来的小佛像。

而桑吉某某，藏族，慈悲心，住北京，关注世界，仿佛哪儿有苦难哪儿就是他的家乡。

圣湖显灵了。活佛转生了。美丽的某某想杀死那个在拉萨尾随她的坏人。年轻的某某把摩托车扔在荒原上，然后变成纽约妇女。然后呢？

然后我依然独自一人远距离爱着那云间的拉萨，在我心中拉萨的街道上遇到伟大的米拉日巴，我读过他的半卷疯话。

2008.8.6，2016.10.2

下 午

黄金涨价，让储藏黄金的打算推迟，后悔当年的抠门。
钻石也涨价——而钻石，不过是石头的一种——必有人如此
　　感悟。

利比亚战事没完没了，欧洲的干预骑虎难下，但那都在远方。
本·拉登被击毙在巴基斯坦。可惜开枪的海豹突击队员永远
　　出不了大名。

股市套住了许多人，包括我那些智慧的朋友们。
他们总在说笑时翻看手机中的股市行情，好像在发短信谈情
　　说爱。
他们生活在此处同时又生活在别处，专心致志同时又心不在
　　焉。

美好的下午，像假的。团团白云以为自己飘动在巴黎的上空。
购物中心建成欧洲小镇的模样，使老外有归家之感；
使戏水的孩子们习惯于世界性消费，而家长们全在玩照相机。

人造喷泉的数十根水柱忽高忽低，表明它们是快乐的；
中心水柱忽然喷出十米之高，带着魔术师表演成功的得意。

从咖啡店走出的女孩甩头发，戴上墨镜。阳光爱着她。
她胸罩的粉红色肩带露在肩膀上，拖鞋打着脚底板发出"噼
　　噼"声响。

而比她更小的女中学生走着日本女孩的小碎步，不过将来
她还是会走回中国人的步伐，嫁鸡随鸡嫁狗随狗。

来自小县城的中年男人仿佛一下掉进了洞天福地，看不懂外
　　文广告，
却仍能享受电影《泰坦尼克号》抒情的主题曲：又该有新产
　　品上市。

我坐在咖啡店的露天散座上，被老婆孩子要求让出一个下午。
偏西的太阳还在走它的弧线，一会儿更会加快速度。

但老婆去购物了，孩子去滑冰了，我给朋友打电话，通了。
我先前数次电他他都关机。我以为他被抓了但这次他接了电
　　话。

他活得好好的，但他母亲肺癌转骨癌。他尽着最后的孝道。

我们约好过两周见个面，其实也没什么要紧的事情。

2011.6

真理辩论会

真理越辩越糊涂。谁说的？谁说的？

这不是"实践是检验真理的唯一标准"的"真理"，

这不是"难得糊涂"的"糊涂"。

那么我们说的"真理"是"真相"吗？

还是对"真相"的无限切近？

真理是嗜血的吗？——300 个人死出的真理

是否等同于 3000 个人死出的真理？

是可以预言的吗？还是仅仅指向过去？

是数学计算出来的夜色一般安静的结果吗？

还是此内心跟此内心、此内心跟彼内心的高声较劲？

寻找真理是更需要不满和批判呢？还是忧伤的想象力？

在大家彻底糊涂之前会议主持人宣布："散会！"

……　……　……　……

意犹未尽。再聚拢，再开会。

啊请喝茶，请上厕所，请在门外吸烟开小会，君不见接电话、打电话的　头脑开溜再返回。

与会者的头脑仿佛清醒。早晨，然后正午，然后天黑。

在这些"清醒"的头脑又一次糊涂之前

有人在会场外开始签名运动，

要求把真理辩清楚，辩到五一、七一、十一。

怕节假日不够用？再给你端午、中秋和春节！

你说鞭炮声是辩论的声音还是歌唱的声音还是祈祷的声音？

你以为独自沉默就能幸免于噪音？

有人在签名运动的周围卖起了面包、矿泉水和冰棍。

远处，一座"糊涂"的纪念碑拔地而起。

更远处，一个疯子对着旷野高呼："散会！"

2010.10

但什么力量使树木不再生长

看见了使树木生长的力量，

但什么力量能使树木不再生长？

感到了为空气加温的力量，

但什么力量能阻止温度继续升高？

听见了使喜鹊唱响的力量，

但什么力量能使喜鹊沉默，在一瞬间？

北方的水渠干涸了。

南方的洪水淹到了屋顶。

使人类生长的力量中　是否包含着

使人类不生长的力量？

是什么力量只扮演叫"停"的角色？

如果砖头在生长，像个流氓，

那么钢筋一定也在生长，像个家长。

高度，好的。晕眩，好的。那么，

砖头的欲望会否被流氓的虚无所取代？

钢筋的欲望会否被家长的年迈所消解？

我停下脚步，歇一会儿——

风景是给无所事事的人准备的——

万物皆备与我，我也把自己备与万物

我也与万物同悲且同乐

而我身边的人们还在大步行进。

喜鹊冲在他们的前面。

他们走到海边停下，大海继续前行。

什么力量可以让大海停下？

2010.1.15

2014 年 8 月 12 日凌晨梦见骆一禾

凌晨 3 点 45 分我梦见了你，距你谢世已有 25 年。

与 23 年前我在崇文门梦见的你一模一样，与 25 年前昏迷在天坛医院里的你略有不同，那时你略胖些，与 29 年前我在北京大学的校园里遇见的你一样消瘦一样年轻。

我梦见你微笑着朝我走来。但你身旁的中年妇女是谁？我不认识她。她冷若冰霜。哦你们这是走在我的世界里还是走在你们的世界里？好幽暗的世界！

我像傻子一样高兴地叫你，叫你。"你好吗一禾一禾？"

我已 51 岁的年纪。你我在海子走后都不曾想到过中国会变作如此这般的 2014 年的中国。

你微笑着不说话。老样子。你在另一个世界也微笑吗？

你走到我跟前却并未停步，只是步伐放缓，然后微笑着走远，仿佛有一股力量不允许你停步。一禾你真的已经死去了吗？你走进远处一幢门框银闪闪的幽森的大楼。

而那走在你身旁的女人又自楼门折返，朝我走回。她伸手抱我，她冷若冰霜。

我惊觉，猛地坐起，见月光静卧在地板上，蒙哥静卧在橱柜下面，窗外的月亮已偏西。

昨天网上说这是今年最大最白的月亮。昨晚我还曾将朋友们从嘈杂的饭局拉到大街上遥望它默默移行在刚刚立秋的天宇。

但我没想到你会在这样的月夜来看我。

2014.8.12

2014 年 11 月 1 日在贝尔格莱德
惊悉陈超辞世

后社会主义的田野。

国家分裂余留下的丘陵。

玉米地包围的没有车辆的加油站。

走没了的人。

飞鸟不照影的池塘。

通向无处的林间小径。

东正教教堂的新彩画。小镇。

走没了的人。

下沉的河谷，高岸上的村庄。

树上的不与时俱进的鸟窝。

晾在绳子上的不时髦的衣裳。

走没了的你。

半新不旧的晨光。

晚风里隐去面孔的哭泣。

我离家万里。铁轨。火车不来。

在无人知晓你的地方，

我念着念着走没了的你。

2014.11.11

你是我身旁走失的第九个人

需要一支笔时笔不出水。

需要一杯茶时只剩下残茶。

需要有人交谈时你刚刚离开。

电话铃响起再不是你。

如果是你说喂

世界就是终结。

我走进小卖部。我续上新茶。

我每活一天都是侥幸。侥幸而心痛。

我每多活一天就更加不能理解生命。

2014.11.11

古意和古意之死

1. 古意

墙上的电灯谦逊的光亮
墙角的垃圾桶里垃圾少许
无风的阳台脱出小镇的房子
贴着皮肉的夜色丘山的聚拢
树林里非人的脚步声
何样生物蹚着落叶前行
瞬间的脆弱想到自己
抓住机会的秋天竟忽然现身

2. 浮想

月亮朦胧到不想被关注
月亮客气到不想被打扰
月亮冷漠到不想被比喻
月亮高级到不想被赞美

唐人没见过这样的月亮
难于物我两忘的我能否
扇动着误解的翅膀飞回
公元 755 即天宝十四载
那时都活着王李杜高岑

我的此时此刻不是他们的
此时此刻正如雾霾不是雾
我的此时此刻是月球车
彻底报废在月亮上的此时
又此刻尽管这无妨天理
作用于人间如月映万川

3. 渔樵

山川不变故渔樵之美不变
故渔樵所弃的浊世不变
故俗恶与不俗之恶不变。这是家国。

不变的渔樵美了五千年
不变的俗恶与不俗之恶浊了五千年

问山川：是哪儿出了问题？

山川答：渔樵必死，不死也得死。

2017，2018，2020

歌词：乱

乱水。乱山。乱云。不乱的天。

喝过你的米酒，
在汉朝的客栈。
吸过你的清露，
在唐朝的宫殿。

乱语。乱笑。乱发。不乱的眼。

记得你的狂言，
唤你一声笨蛋。
撞上你的青春，
违了你的期盼。

我留下，留在汉朝，穿件白衬衫。
我留下，留在唐朝，别着白玉簪。

2019.11

香

当春天发狂

当大自然肯定自己

当迎春花与玉兰花斗气

当梅花不甘心落地成泥被陆游写进他的《卜算子》

当小草也想开花并且要开出华丽的花朵天堂的花朵

当竹子不想被大熊猫吃掉然后被屙掉

当沉香木长出木瘤

当短命的屎壳郎靠近粪团大喜过望

另一种香：

当油盐花椒在热锅里热情相遇

当鸽子掉进小油锅

当失败的大侠被推进大油锅当他的儿子报仇雪恨然后掰开馒头

当小人阴谋得逞之后喝上小酒

当穷人翻身吃上茶叶蛋当火宫殿的臭豆腐被老人家咽下

当乡亲们坐上喜宴寿宴和丧宴

当阿Q睡上象牙床

当问心无愧的人呼呼大睡在草垛上

再一种香：

当圣人降生

当有洁癖的倪瓒早起穿衣

当一个姑娘在意自己从倪瓒的鼻子底下走过知道没有另一个倪瓒

当王敦在石崇家上厕所

当柳河东接到韩昌黎的千里书信拿玉蕤香熏手

当杨贵妃把她的胖身体泡进华清池

当远道而来的香妃要迷惑见过世面的乾隆皇帝

当林黛玉脱下穿了一天的鞋子当花袭人钻进贾宝玉的被窝

上上香：

当心神不安的人焚香祷告

当山寺野庙灵验

当小鬼儿放屁只有它自己能闻到

当猴子学会赞美

当骗子起身做法并且在被揭穿以后自谦为魔术师然后被受骗者原谅

当跌坐于岩石的高僧展开他的哑嗓

当每个人都沉默唯闻动物们咆哮呻吟

当麝鹿献出麝香就像老黄牛献出苦味的牛黄

2016.8，2020.12

碰巧的人

他碰巧听说大地是方的，像他家中的方桌可用来吃饭和打牌。

他碰巧听说皇上是奉天承运的，而他只是老百姓这没什么。

他碰巧没听说过希特勒，这个留小胡子的人躲了他 19 年。

他碰巧没听说过文化大革命，他怀着正面的看法注视镜中的自己。

他来到北京，碰巧是晴天，没有雾霾；

他一鼓作气又去了内蒙，碰巧没赶上沙尘暴所以他不曾迷路。

蓝天白云的大草原使他确信远方确可向往，

他碰巧遇到一匹骏马允许他骑上一小时驰骋在天地之间。

回到家乡，他碰巧没遇上会计的女儿，就娶了水果批发商的女儿。

马路上，他碰巧避过了车祸，生命持续着就伟大。

他学驴叫出神入化很开心，没意识到这是中文的驴鸣。

他碰巧生为中国人，碰巧读过《红楼梦》没读过《巨人传》。

他碰巧认识杨树、柳树，不认识梧桐树。

他碰巧三次捡到钱包，如果有第四次，还会是碰巧吗?

他碰巧不了解"二"这个字的丰富内涵，邻居们知道但没告诉他。

他体会着二流的幸福，碰巧得到了春风的鼓励。

2014.8.19，2017.4.27

死于感冒的人

他不肯相信他会被几个小人所打倒。

他不怕蛇蝎猛兽——凶猛的它们已成陈词滥调。

这逆风而行的人：风愈大，他落脚迈步愈有力。

他本应倒在雷电之中，如悲剧剧本所述，以符合一个英雄的身份。

然而他倒下，出乎所有人意料。

他不肯相信，几个小人用小儿科的手段，

抖抖机灵，就将他打倒；他相信

在小人背后站着阴险而强大的敌人例如一种价值观化成的巨妖。

所有人都看见了，他是负有使命的人；

他自己更要求与其崇高的理想相对称的敌人。

多年以来他瞧不起市侩，

远离市侩，他断定历史会赏脸把他的意思弄明白。

从生活的全部滑稽中挤出了往往呈现于打架斗殴的严肃性。

你看他被几个小人所打倒，不可能呵。

这让错愕的蛇蝎猛兽们只好求助于陈词滥调：哎呀，哎呀。

仿佛他战胜了癌症，却死于感冒。谁也没有料到。

2007.8

占理的人

我的中学同学司马缸，被老师呼做"常有理"。
他与人辩论占着理，他唱歌、放屁占着理，
某天我见他与青蛙吵架。——没错，他占着理。

占着理长成，他每天吃一桶快活的冰激凌。
他渐渐避开我的愚钝和乏味。我只好同意。
在后来他尚算成功的商道、仕途他占着理，
他像只蜻蜓总能找到小荷的尖角他站上去。

直到婚后三个月，他醒转：老婆总比他更占理！
为此他自我修炼，有了境界，不占理也占理。
可天地之间，一个人占这么多理有什么意思！

但把快活的冰激凌吃成熊心豹子胆，有意思！
他把握十足能一条道走到明而不是走到黑。
连鬼魂的理都只是唾沫星。阳光为他而明媚。
他一只大蜻蜓飞抵没了荷花的中年，没了下文。

2022.1.14

撒娇、锻炼和发呆

白猫跳入李奶奶的花池呻吟了三声。声音很自我，它的懒腰很享受。但花池里没有别的猫，而这也不是交配的时候。

我路过花池，惊讶了一下。它回头对我说，大哥我只是想跟自己撒个娇。

*

老太太左右瞧瞧，回头瞧瞧，忽用她的破锣嗓子唱起摇滚。一定是她的随身听在播放摇滚。一定是她孙女喜欢摇滚，就给奶奶的 MP4 里灌满了摇滚。

老太太小幅度扭身并自语：摇滚是个吗玩意儿？我且清清老嗓子，练下老身子。

*

傻姑娘见别人撅屁股撞树她也撅屁股撞树。她呃呃出声，不知是因为疼痛，还是因为快活，还是因为发现自己竟加入了晨练者的行列。

她妈在一旁鼓起掌来。——可傻姑娘练出个好身体又有啥用？

*

蹲在马路中间，不是坐在马路中间：他蹲着不是在拉屎，不是在等人，他天长地久地蹲着看来只图个舒服，但蹲在马路中间是为了享受四面来风、八面蝉鸣？

他的穷乡僻壤连车辆也不经行。头顶上各走各道的飞鸟和流云他并不关心。

2014.8.26

从电影院走出

从电影院走出，

从假枪假炮真英雄的电影情节中走出，感觉龌龊之辈已消遁于大街上的阳光灿烂，感觉人人善良，人人武艺高强，人人爱国，连街角的馄饨铺里都坐满了好汉。

大地苍茫，人间正道是除恶务尽。国家没了我怎么成！

既然电影中的枪炮是假的，那我必须真剑在身，从"人民"处领受使命，远行至恶人的天涯海角，摆脱我的宿命就像跳出万有引力，不畏冰雪与烈火，去匡扶正义；

去打倒帝国主义、封建主义、殖民主义、大国沙文主义、种族主义、自由主义、官僚主义、男性罗格斯中心主义、消费主义、大锅饭主义、人类中心主义、西方中心主义、地方主义、地方保护主义、好人一生平安主义、善有

347

善报恶有恶报主义、艺术来源于生活又高于生活主义
等等；

顺带开拓出我没有黑夜的帝国、顺带走进美人遍地并
以我为主角的

动画片。

2022.1.14

日　常

说话的人忽然多起来不只在我的窗下
说话的人嗓门忽然大起来仿佛大声说话才不是沉默

*

脱鞋，想起在飞机上脱鞋的人
吃药，想起梦想永生的人

*

骂人，为了正义；有时只是为了出口恶气
为了一个美好的明天，有人建议禁止骂人。那怎么行？

*

打开电脑，网络信息多得像蝗虫
网络的无组织性竟然凑成历史。那谁负责遗忘呢？

*

而历史，只有被夸张才能被看见
而无法被看见的生活在重复中持续

*

过分的生活才是生活此外没有生活。有人反驳
过分的美才是美此外没有美。有人反驳

*

过分的愚蠢被围观，被赞美，被打听
终得以幸免变成一个笑话。反驳者随大溜地笑了

*

雪球终于滚不动了只好去滚另一个雪球
猪终于肥不动了终于和人类摊牌要求减肥

*

落日：一个耸听的危言。肃穆的群山变冷。

抒情者呕吐后继续抒情，但自知体力渐渐不行。

2016

活　物

麇集在狗屎上的苍蝇一哄而起
我走过，回头，它们又重新落回那狗屎美味

*

蝇绿就是孔雀绿，同一种绿，为什么？
我在调色盘中从未调出过这种颜色，为什么？

*

我也从未调出过高贵神秘的乌鸦蓝
我仅儿时在一个哥哥的手上触碰过乌鸦一次

*

不论喜鹊是否为我鸣叫我都会说声"谢谢"
我确信它们认识我。我思忖它们喜欢我的理由

*

蚂蚁居然在道路中间开出蚁窝
怎么想的？招摇难道是最好的躲藏？

*

蜘蛛结网肯定不是为了拦住我
却罩了我一满头。抱歉我赔不了。

*

谁的尿臊味？附近有马棚吗？
还是浪漫的毒药发作于我中年的身体？

*

见我和我的狗走来，老猫耸起后背准备战斗
从何时开始它选择不再逃跑？

*

手电光捕获刺猬。多次。它们只给我后背
尖刺的后背。我从未看到过它们的脸。

*

雨后，小愉快：又闻到湿泥的气息了
又见到恶心人的蚯蚓了。深感自然的不死。

*

雨后，小愉快：蜻蜓重现，仿佛童年重现
它们一向躲在哪里？它们不可能诞生在雨中。

2017.6

句　子

撒向空中的纸屑迟迟不落就变成了飞鸟。

*

正待纵身起跳，猛见十米跳台下面的游泳池已被拿走。

*

盼待的电话铃。接听。是物业小苏第三次催缴物业费。

*

在桌子下面低头数钱的人必是辛苦挣钱的人。

*

每干一事就多出一事比如买了西瓜就得收拾冰箱为它

腾出地方。

*

二师兄也是云上的人啊，却甘心在高老庄种地，推磨。

*

一个女人，手里攥着三根大葱，匆匆走在茫茫暮色里。

*

为了不叫你对世事绝望我向你关上了大门。

2016

一个人走向我

七月的最后一日夏季繁盛。

下午四点半雷阵雨过后蝉鸣积极。

一个男子跟上我，拍我肩膀说："你不是人"；

这如同朝我脸上吐唾沫而我没有脸。

我摸摸脸，脸在。胡子出来了。

我瞥一眼湿漉漉的街道，坚称我是人。

他问："谁说的你是人？"

于是我猛跺积水，溅他一身，以自我证明。

他说这没用，大象也能跺起水花；

他说得对！可他一正确我就乱了，咋回事？

一场雷阵雨就能摘除我的理性吗？

干吗不摘除我的阑尾？

我正错愕，裤兜里的手机电话铃响起，

电话里的人问你是某某吗？

我说："你打错了我不是。"

我对面的人留了个笑脸然后瞬间消逝。

2015.7.31

倾听自己

倾听身体里的声音

肠子里的声音、胃里的声音

血管里的声音听不到但好像能听到

心脏跳动的声音认真听总是能听到的

听见身体里一个小孩说话的声音

我也是个赤子吗?

我曾经是个赤子吗?

我身体里一个老头的声音笑出声来

安静时，天空扩大

风的声音在我的身体里继续

庄稼在风中弯腰呼应我的驼背

我走路的声音被另一个走路人夺去

听见大海的声音

但也许这声音来自我体内

我在认识自己的时候发明自己

我在发明自己的时候发明了你

2017.12.10

我 是 谁

独处。几回自问"我是谁"。

但一问就要发烧。为健康，打住。

曾有人告诉我：我的前程将越过地平线。

曾有人递我一张黄纸，画了符，嘱我烧掉。

一个踽踽独行的老太太曾在胡同里高声唤骂：

"你个崇洋媚外的东西！"

——那时我年轻，贫困，彷徨，想死。

曾有人说我身后跟着两个影子。

不，不是海子也不是骆一禾。

海子、一禾知道我是谁吗？

一禾也许知道一点，海子从我身上看见他自己。

夜色中，魏玛蒙哥十二岁，我牵着。

这顺从我的大狗，依赖我的大狗，老了，
它要找女朋友的念头渐渐磨灭。

夜色中的杜甫，身边一定全是鬼魂。
他用典就是与鬼魂说话，或者让鬼魂代自己说话。

司马迁不问"我是谁"
但在幽暗的过去撞见八千个司马迁。

马其顿人把"我是谁"一直问到克什米尔。
古代中国人问"我是谁"的意思是"我的天命是什么"。

圣道、空无、家国留给贤哲们去关心。
在我面前，挤眉弄眼，破口大骂的，是人类。

人类的此刻。我小声问一句："我是谁？"
——又有点儿要发烧的感觉。

……

那人怎么还不来呢？我以为那人是他或她，但都不是。
灯火阑珊，蓦然回首，无人。

那个知道我是谁的人怎么还不来呢?

什么意思? 不能烧坏脑子。

2019.1.31

我欲言又止

在已然过去的春天，花儿开放，似有话说，但什么也不说。

今晨，鸟儿说了些什么。我没听懂，只能感受鸟鸣之美。

野蛮的鸟鸣之美、野蛮不起来的鸟鸣之美、有文化的鸟鸣之美。

当我赞扬某人言辞优美我就是没听懂。这样的大实话我只说
　　一遍。

当别人赞扬我的言辞优美，可能是在侮辱我的智力，

但侮辱我的智力并不一定非要赞扬我的言辞。对此，我欲言
　　又止。

一颗流星为一个健康人而下。流星不知道，健康人也不知道。

一群人为他们自己载歌载舞，居然唱得舞得平庸又过瘾。

我欲言又止地看街上疾驰如着急投胎的车辆，反省我脱离生
活的生活，

停下脚步，认真听，听见有人骂我，想骂回去，我欲言又止。

与他人改动我诗中的字句、删掉我的思想相比，这不算什么。

2022.1.11

读曼杰施塔姆 1928 年 8 月 25 日
致阿赫玛托娃信

他写道："我想回家，想见到您。您知道吗？我具有
一种进行想象交谈的能力，但只能与两个人进行这样
的交谈：尼古拉·斯捷潘诺维奇和您。"
而我想进行的交谈种类更多些：
不必靠谱的历史交谈、
不必靠谱的政治交谈。
思想交谈、
下流交谈、
比赛想象力的胡扯式交谈，
关于一根铁钉或一把钢刀的学术交谈等等。
但能与之做如此交谈的人几乎没有。
高纯度的日光。忙完琐事的下午。也许不属于我而属
于阿赫玛托娃和曼杰施塔姆。

2021.11.20

我一直看到你的深处

我一直看到你的深处，看到你爷爷，一个秃头的小人儿
在咿呀唱戏，伴奏的是影子和影子

我一直看到你的深处，看到你，一个毛发茂盛的小人儿
在撒尿，同时东张西望四周的空旷

在你的深处我数着你的恐惧，仿佛数着我自己的恐惧，
我与你相遇，仿佛与我自己相遇。

你坏吗？你无聊吗？你抽过疯吗？你热爱过吗？
你像李白一样白吃白喝过吗？你听过莫桑比克瓦金波的歌吗？

2022.1.27

一只老鼠来到我家

一只老鼠来到我家。但我们从未照面。不知其公母，不知其个头，但它一定是灰色的。

其年龄，不详。其经历，不详。它代表偶然还是必然来到我家，不详。它是否将死在我的墙壁中，不详。

它啃呀啃，啃坏了厨房水池的塑料排水管、洗衣机的塑料排水管。塑料啥味？不详。它也曾啃过度包装的食品盒，但没能啃透。

它早晚会啃到我的脚趾。

老鼠们住进皇宫的情形约亦如此。太监们追打老鼠与森严的国家气象不符。

我当初根本不曾想过，要与一只会攀岩的老鼠为伍。

我看表，午夜十二点，它开始上班，在厨房窗户上面的墙壁里。它窸窸窣窣啃咬。它也戴手表吗？不知它啃什么。

啃电线？但屋里灯亮着。它放肆地啃呀啃。

它肯定正在放肆地发胖。我用竹竿敲打墙壁时它闻声停下，然后再啃。我该拆毁墙壁？

我要跟它一起住多久？它又不爱我凭什么折磨我！

睡还是不睡？老鼠在那里。外面大风寒夜，它有了新窝，却仿佛与我无关。

而整个白天它都安静。出门找食物去了？不能指望它会迷路，找不回来；不能指望它会再发现新窝而放弃与我为邻的荣幸。

鼠贴没用，老鼠躲开。居委会老鼠药已断供多年。物业小伙叫来，没招。

我用大声呵斥来证明我的无能。它不回嘴因为听不懂。

满嘴脏话这也是我：妈的你活腻味了你！要么滚蛋，
要么等着！

但我至今没有等到它。

2019.2.12

尽量不陈词滥调地说说飞翔

每回思欲飞翔　都感身体沉重
每回奋力起飞　顶多腾空五尺

然后坠地　露出本相

有回我高飞到九尺　瞬间心生苍茫
落地摔疼屁股　屁股大骂心脏

偶夜梦里悬空　由树梢跃升楼顶
由楼顶登脚而起　见半月在我左手

我浴三光即永光　我入黑暗遇无人

怀落寞而归床　上厕所而冲水

次日回味　一声不响

走路　被一男孩叫"爷爷"

问孙子"你叫啥"　回说"我叫飞翔"

2014

悼念之问题

一只蚂蚁死去，无人悼念

一只鸟死去，无人悼念除非是朱鹮

一只猴子死去，猴子们悼念它

一只猴子死去，天灵盖被人撬开

一条鲨鱼死去，另一条鲨鱼继续奔游

一只老虎死去，有人悼念是悼念自己

一个人死去，有人悼念有人不悼念

一个人死去，有人悼念有人甚至鼓掌

一代人死去，下一代基本不悼念

一个国家死去，常常只留下轶事

连轶事都不留下的定非真正的国家

若非真正的国家，它死去无人悼念

无人悼念，风就白白地刮

河就白白地流，白白地冲刷岩石

白白地运动波光，白白地制造浪沫

河死去，轮不到人来悼念

风死去，轮不到人来悼念

河与风相伴到大海，大海广阔如庄子

广阔的大海死去，你也得死

龙王爷死去，你也得死

月亮不悼念，月亮上无人

星星不悼念，星星不是血肉

2014.11.11

何 谓

何谓扫兴——

好比舞会的大门打开，盛装的女子摔倒。

何谓挫败——

好比就要高潮，忽然地震了或者着火了。

何谓不平——

好比阳光统统卸在了我身旁人的身上。

何谓悲催——

好比毒太阳下两个女人吵架却同时中暑。

何谓不可能——

好比刽子手举刀打喷嚏，受刑者也打喷嚏。

何谓运气——

好比醉汉躺倒在马路上，没有车子开来。

何谓不严肃——

好比驴长出翅膀，不为飞翔只为炫耀。

2016.8.31，2018.7.17

论 读 书

——仿英格·克里斯蒂安森

有的人中国书读得太多了，西方书读得太少

有的人中国书读得太少，西方书读得太多了

有的人只读西方书，但一句外语也不懂

有的人只读中国书，自号某某山人，仿佛他真住在山道的尽头

有的人中国书、西方书都读得太多，变得厌倦人世，

有的人中国书、西方书都读得太少，活在世上全靠天才和直觉

有的人没有天才和直觉也能滔滔不绝，但也没有沉默做逗号和句号

懂得使用分号和破折号的人看来不是中国人

有的人中国书、西方书都读得太多，但没读过阿拉伯和非洲的书

有的人读过几本拉丁美洲的书，但分不清那算西方书还是南方书

难道还有南方书吗？南半球的季节与北半球相反

南半球的书却不需要从最后一页读回第一页

有的人以为中国就是东方全不管印度也是东方当然它在东方的南方
而巴基斯坦和阿富汗的作家也写书尽管他们不关心孔夫子

有的人读了点书便趾高气昂了，指点江山了。江山听着
有的人读了点书便谨小慎微了，谨言慎行了，安静地喘气

有的人假装读过很多书其实是个文盲
有的人真读过很多书其实也是个文盲

有的人是真正的文盲却对读书人呼来喝去
有的人因为被呼来喝去遂愤恨地打开书本寻求真理

有的人愤恨于被呼来喝去发誓再不读书才发现大象梅花鹿从不读书
有的人一本书不读却被写进了书里而他自己不知道

有的人读书是为了寻找快乐但不是寻欢作乐
有的人寻欢作乐但书读得也不少这说明读书人并非注定清苦

有的人就把自己读瘦了头悬梁锥刺股
有的人就把自己读胖了读到满腹经纶可并不觉得肚胀

所有读书的人只会越读越老当然不读书也免不了衰老
在生死问题上读书与不读书没什么区别就像练拳不练拳没什么区别

有的人书越读越多，仿佛从河流进入大海，孤独地飘荡
有的人书读到三十岁戛然而止，然后望着大地出神到三十七岁

有的人在三十七岁告别了自己所谓天才的不着调的生活方式
坐下来，打开台灯，写书，以便将自己耗尽并且被世人忘记

有的人为书籍盖一幢房子自己只在白天进入这幽灵的房间
有的人夜间也待在幽灵的房间里但是不在其中睡觉

有的人把书从书房里扔出来腾空书房用于冥想
有的人腾空书房用于储存货物但自己也没能变成成功的商人

有的人以为腾空了书房就腾空了大脑
但大脑里总是有人哭泣有人怒吼这让他心烦意乱

有的人心烦意乱地走进书之山其实是走进了杂志之山
有的人坐在书山里不再出来是因为找不到出山的路径

有的人在书山里点火想到百年后会有人对自己痛加斥责
有的人在焚书的火焰里哈哈大笑纯粹是因为痛恨邪恶

有的人在焚书的火焰里哈哈大笑觉得这是最好的自焚
有的人认为书山当然是烧不尽的所以永生当然是可能的

有的人走出了书山剩下的时间是劝别人走进书山
有的人走出了书山对书山里的事物三缄其口

有的人对书籍说话好像作者是自己的熟人
有的人不同作者说话只是向他们鞠躬就像祭祀先祖

有的人认为尽信书不如无书这得是多牛的人啊他深入当下
有的人只信书上说的蔑视一个活生生的世界这也得自信满满

有的人觉得三日不读书面目可憎
有的人天生丽质害怕书籍会夺走容颜

过去中国人的说法是书中自有黄金屋可现在的金价忽低忽高
而以色列的所罗门王说"积累知识就是积累悲哀"

但大人物的悲哀不是小人物的悲哀其原因不同

但读书人总是把小人物的悲哀解说等同大人物的悲哀

六朝以前的中国人就悲哀过了而且不是因为读书
宋代以后的中国人越来越爱读书但只读孔孟之书直到马列传来

有的人读书是为了最终放弃书本直至放弃自己
有的人读书在不知不觉中就变成了书虫

2016.3.8

论高尚者

得读过几本书但不能读得太多，不能培养读书人的相
　　对主义和犬儒主义。

在各类图书中高尚的人一般只读传记，仿佛他是要活
　　成一本传记。

他并不非得对高尚本身感兴趣。最好的高尚是天然的
　　高尚。但他总向高尚的前辈看齐。

他最主要的精神财富是理想主义。在理想主义的烛光
　　面前，世界不得不暗淡。

但要谨防理想主义蜡烛的灯下黑。扑进灯下黑的飞蛾
　　全都狡猾得不像飞蛾。

他得自觉比别人聪明，但不能聪明太多，否则就要琢
　　磨利用别人的愚蠢。

高尚之人的隐私之一就是他的愚蠢。有时他也会显现
　　他的愚蠢但并非故意出丑。

或许他得既聪明又愚蠢，但不能是小聪明和小愚蠢。

要玩就玩大的：他得挑大个的西瓜，爬大个的山。他
　　得欣赏大个的月亮。

对他来说天道不证自明。他自觉有资格代天说话，这
　　也是不证自明的。

要是使命感像发烧一样发作，他会烧成一个滚烫的英
　　雄。

在拿不准真善美的准确定义的情况下，他得高歌真善
　　美。做个反智主义者。

反智主义者统统认为道德天成，但有时，他又会犹豫
　　该否为高级道德去牺牲低级道德。

难道道德是分层的吗？道德若分层，那阴曹地府是多

少层？天堂又是多少层？

对此他不置可否。他低下头。他不是装傻，他是拿不准。

他肯定得有些童心啦至少在别人看来。童心可保证一
　　个人的透明。

他不一定总是性情的啦至少在别人看来。哪有高尚的
　　人不着四六？

如果他干了什么不妥的事，他得有高尚的借口。他得
　　自我说服，咽回自己的唾沫。

他为社会的不公，为受到伤害的人们哭泣，有时也为
　　无家可归的小猫小狗流眼泪。

但他不能探讨邪恶。他回避邪恶。无论是外在的还是
　　内在的，黑色的还是白色的。

他有时会遭到来自他自己灵魂的严肃打击。这时他才
　　知道他是有灵魂的。

这时哭是没用的。哭得再长久,再好看,再感人也没用。别指望魔鬼的善心。

在此情况下他得依然坚持一个淡淡的我,好赶走身后自私自利的大狗熊。

他得给欲望剪枝,却给爱浇水,这矛盾啊,是高尚的矛盾。

在诱惑的花园他不能逗留,在恐惧的房间他得自信刀枪不入,百毒莫攻。

如果他心生哀愁那也只能是淡蓝色的,如五四之后第一拨文艺青年。

他得表达他的原谅如高层民国范儿。但这不妨碍他有时背后骂人如60年代的受气包。

他得善待小人直到忍无可忍,甩他一嘴巴,然后内疚,内疚,直到另一个小人出现。

谦虚的自我高估是必要的。由于这一点他不与俗人为伍。他只好与自己为伍。

高尚的人难免孤独，但他从不是自己的陌生人。他从
　　不叫自己大吃一惊。

他往往是某种意义上的旁观者，因为旁观者总是干净
　　的，如尚未拆封的书籍。

他站在雨里、雪里，主动或者被动。被动的旁观者中
　　高尚者居多。

可是高尚者也不能过于高尚。比高尚还高尚的要么是
　　神要么是伪君子。

他不能计较小恩小惠。他得大度如江湖大哥。所以他
　　发光，甚至发福。

他不能计较小恩小惠，还得经常献出自己，好理解"奉
　　献"这个词的基本含义。

他不需要被掌声鼓励。但有掌声更好。就像晴朗的天
　　空飘几朵白云更美丽。

他得能够欣赏美丽的世界，哪怕它略显俗气，但理解崇高，说不上！

他得具备触景生情的能力，回忆的能力，展望未来的能力，但可能有一个坏记性。

他可能是过去的人或者未来的人。至于是不是现在的人他没想过。

没想过现在的含义，但他得爱家人、朋友，甚至陌生人，至于是否要爱自己他只能顺其自然。

他的爱只能与小数额的钱财挂钩。他得相信太多的钱财会像大铁炉子熔化高尚。

为避免做秀的感觉他得成为只拥有小数额钱财的众人，得是一只高尚的羊走在羊群中间。

他从不斜视，偷看他人。他看你时他的脸迎着你。他的真诚只有正面没有侧面。

即使在暗夜里他也只有正面形象。只在这一点上他注
重形象问题。正面照镜子最方便。

与别人不同，高尚者会在镜子里照出自己的前世，别
人只能照出容貌。

在这一点上高尚者保留了一点点古朴的神秘主义。尽
管他也许不承认。

具有神秘主义倾向的高尚者常常发出耸听的危言，但
往往无效。

那为什么要高尚呢？为了尊严吗？为了安心吗？为了
愉快吗？一定有些好处。

做一个高尚的人，世界跟他过不去时他跟这世界硬磕
到底。

2017.7.15

一 念 诗

1. 一马平川

是山峦放弃了它的曲线

一马平川的土地上天空大些
瞭望天空的人更坦荡些
夜晚的星星也更多些

2. 人生这本书

有人只有一页
一页纸上字一行，甚至半行甚至无字
有人有两页到三页，但不可能更多了

我像个傻×一样在谈人生了

3．跟着谁？

一条狗跟了我十二年
一只黑色塑料袋跟我跑了十七秒
一片云，一直向南，跟着谁？

4．听来的诗

一个小女孩对另一个小女孩说：

"夜里我梦见飞上天了！"
"你到天上去干什么？"
"我在天上放了个屁！"

5．航班取消

航班取消，改乘高铁
想象着北方暴雪肆虐，一路北返，
过长江、黄河，蚌埠、济南。千里北上

列车庄重地停在北京一场小雪之后
Much ado about nothing.

6. 飞机飞在高空

飞机飞动在高空。

小艇孤独在湖中。

飞机右侧的大地，

小艇开进河汉。

这是飞到了哪里？

2011.4，2019.11—12

围海造田

围海造田之后新土地需要七年的积沉方可使用
围海造田者需要七年光阴才能安然于占领了一小片大海

这新土地上新植的树木尚未获得自然的授权
无自然授权，新树木就不会获得"树林"的感觉

飞鸟、昆虫和青蛙不愿以此为家，无论建设者怎样加班加点
海风吹过，像吹过时光停滞的停车场或者垃圾场

月照垃圾场不会比月照万里河山缺少诗意
但月照七年海滨垃圾场会让月亮的诗意获得更多的内涵

七年之痒或七年喧闹，一些看似幸福的家庭会解体
曾经相爱的人互道拜拜之后，负疚心终会接纳天高云淡

在云天之下另觅新欢的不仅是受伤的情种
做买卖、玩政治的也会从新的合伙人身上发现新的人生观

爱大笑或时常伤感的人会在七年光阴中变得麻木
而附近的街道会一直变脸，只是投机分子不会错过每一天

荀子站在新造的土地上说："人定胜天！不过，
天，需要七年光阴才会认可你围海造田。"

浮士德站在新造的土地上面对七年的荒芜忽有落寞之感
不禁抱怨起养尊处优的歌德简单理解了沧桑世变

2017.6.6

金灿灿

这里，没有别的颜色只有金灿灿

金灿灿的赌场里金灿灿的宝船
金灿灿的酒店里金灿灿的狮子山

金灿灿的海上观音
保佑大街上金灿灿的金六福、周大福、周生生

金灿灿的鳄鱼在娱乐中心调戏着龙和大象
它们心甘情愿被调戏到眼冒金星好见识娱乐的金灿灿

啊，过分的金灿灿，财富的恶趣味
连垃圾桶也是金灿灿的

连太阳的金灿灿也显得暗淡
在这意识形态失踪的地方耸立着金灿灿的价值观

金灿灿的小学生们用金碗喝水

学会赌博总在无师自通手淫之前

金灿灿的男人们爱上的女人全叫"金灿灿"

可这些姑娘只会钓金鱼，养金鱼

——无想象力便无性感可言

为此爱新觉罗家族绝不为公主们取名"金灿灿"

在摇曳多姿的金灿灿面前

当年曾经金灿灿的殖民者显然还不够金灿灿

他们的后代文雅、谦和

表明他们已过气，不高兴就只好滚蛋

他们上翘的嘴角，洁白的牙齿

是要证明旧殖民统治虽邪恶但品味不差对吗

但是呸呀，现在轮到了本地人的金灿灿

谁撇嘴讥笑谁就是外人

谁就是金灿灿的反面，就是阴暗、幽暗或者黑暗

看金灿灿的资本握手金灿灿的社会福利

就是孔夫子的大同世界后来被康夫子盛赞

讲大同的他们必须热爱金灿灿

一如菩提树下饿到晕眩的王子必须热爱金灿灿

托马斯·莫尔曾设想以金链金铐锁罪犯

但乌托邦就是乌托邦啊，而金链金铐在这里并不稀罕

那么不那么金灿灿的人呢？

他们在哪里酸着像醋心偶发的知识分子？

一个酸男人朝我走来

一笑，露出颗金牙，以为我认识他

另一个酸男人也朝我走来

一笑，露出两颗金牙，问："你梦见过我吗？"

2017.6.6

在挪威小锤子镇比昂松^①故居的阳台上

雨过青山，树叶翻动时

叮叮发亮，仿佛它们

能碰奏出金属的音声

牛粪的气味让空气确信

自己清新无比

雨后白云停在山头

像干过大事之后一样

无所事事。当年比昂松

干过大事之后（比如吃药之后，

或为挪威的独立呐喊之后）

一定曾从这阳台

眺望过对面山头上

---

① 比昂斯滕·比昂松（Bjornstjerne Martinus Bjornson，
1832—1910），挪威戏剧家、诗人、小说家。主要作品有
剧作《皇帝》《挑战的手套》，诗集《诗与歌》等。1903 年
获得诺贝尔文学奖。

无所事事的白云

并将自家牛粪的气味

深深吸入肺腑

2015.7.8

凌晨两点半，纽约华尔街

雨已停，专心致志走路的印度人依然打着伞。

警车巡逻进僻静的小巷，警灯热闹地轰闪。

醉酒女孩每走三步蹦一下，总像要摔倒但从不摔倒。

在无人的街道上出租车卸下三个大汉。

取款机中的富兰克林尚未入睡，但不出声。

警察为死者站岗。摩天大楼里是否有人在爬楼梯？

我不信摩天大楼里每盏灯下都有人工作。

可以想象天堂里的人们不工作。

曾在祖科蒂公园里撒尿的年轻人也许在酝酿下一场革命。

起义，在地狱里：一个大幻象。

凌晨两点半走路读手机的男孩心在远方。

凌晨两点半走路的中国人只信中国人其他人都可疑。

一个说西班牙语的女孩在咖啡店里喂男友喝果汁。

她家乡的父母以为是男孩在喂他们的宝贝闺女喝果汁。

旁边，一个南亚人坐对手提电脑等待天亮。

电脑屏幕亮着，南亚人倒在行李袋上睡着了。

我拿一盒酸奶问店员："Is it sweet?"他说："It's not free."①

资本主义啊在凌晨两点半依然是资本主义。

2015.5.17

————————————

① 文意为："这是甜的吗？"回答："不免费。"

走向悉尼歌剧院

狂走，出汗，谁也不抱怨，一心走向临海的悉尼歌剧院。

走着，我绿了；走着，我红了。
小雨小到没有时，夏日的阳光就认出了我北半球的冰寒。

这刺目的阳光啊偏爱健康的小混蛋；
也照耀英俊的俗人们个顶个的高尚又简单。

这满街的南半球，海鸥的星期天，
满街的姑娘啊都和我无关。不，满街的姑娘都是我的伙伴！

忽然的念头：该把远方的亲人都带在身边。
让他们畅游在玻璃的反光里、水泥和石头的缝隙间。

让他们吃饱了饭，喧哗着，迎着别人的反感，
让他们忘掉世界公园里的蒜瓣，与我一同走向临海的歌剧院。

我也不想去唱歌，我也不想去跳舞，

我只想在歌剧院门前的台阶上小坐片刻，拍个照片。

2017.12.19

雪野。明斯克斯大林防线

—给劳马

雪地冰天是一个大孤独，作废了千万个小孤独。

每一个小孤独都是一座小村庄，被大雪的大孤独所覆盖。

脚下的白雪吱嘎作响。肃穆是一群肃立的哑巴。

皮鞋听见雪野的请求："你摸摸我吧！"遂弯腰伸手触摸它。

孤独披着孤寂的大衣，天际乌云呈现 19 世纪的美丽。

这 21 世纪的明斯克郊外，20 世纪的战争好像从未发生，

而 20 世纪的苏联业已作古。斯大林防线恪守其孤独。

战争博物馆里的幸存者要求年轻人牢记烈士和死难者。

烈士们像藤蔓攀上墙壁，化作黑白照片，彼此挨紧。

而年轻人读八卦，制造八卦，不能想象没有八卦的幸福。

那斯大林的大帝国现在褪色如雪。黑树影的白桦林，

曾经震荡于枪炮，恍惚矗立于立陶宛大公国的 19 世纪。

革命之后，大雪像革命之中和革命之前一样

飞舞着落地，为太阳、星星和乌鸦完成广阔的静寂。

记忆是雪野的伴侣。但游客只能拍下雪野拍不到别的。

2015.7.10

西川省纪行

满街的胡琴啊　满街的唱。

满街的小买卖　大喇喇的天。

满街的闺女　都叫翠兰。

满街的大妈　热情的脸。

满街的好人　这不是天堂。

做坏人到头来　必孤单。

信神的头顶着　白帽子。

不信神的也一溜　端着饭碗。

满城的小鸟　想吃羊肉。

三万只绵羊　往城里赶。

看得毛驴大叔们　出冷汗。

一泡泡驴尿　尿街边。

所以随地小便的　是驴下的，

就像缺心眼儿的　全是马养的。

那坑人害人的　如何比?
定是骡子群里　长大的。

手抓手的男女　是褪了色的。
喝酒骂人　是祖传的。
奥迪 A6　是奔汉朝的。
刚出厂的旧三轮　是电动的。

亮花花的太阳光　急刹刹的雨,
沙葱韭菜　可劲地绿。
一根筋的黄河　它不回头。
你小子开心　就扒开嗓子吼。

你小子不开心　也扒开嗓子吼。
当知有命无心　不忧愁。
忽然满城的麻将　全开打。
满街的下一代　玩不够。

2014.8.19

开门。在杭州转塘想起苏轼

开门，黑暗和虫鸣堆成山丘

池水隐秘的睡眠提示我梦是别样生活

山巅云外，二百多人集体飞过，发出飞机的闷响

独坐阳台，我的思绪若有若无，无昨日亦无明朝，

只有此刻的此刻的此刻

日子 520 刚刚让位于 521

没了象征意义的 521 回归自然的日子。商人们收摊了

在午夜的转塘，杭州，街上半个人没有

那么会有人在台灯下读庄子吗

隔壁是一间空屋吗？凤凰酒店今夜有多少房间是空的呢

手机没电了。正好

我几乎忘了自己而又想起苏轼的杭州或者杭州的苏轼

以及眉州的苏轼、徐州的苏轼、黄州的苏轼、

开封的苏轼、雷州半岛的苏轼

干吗要想起他的一生呢

当年他在杭州肯定也曾这样独坐午夜，

但不知他想到过谁

他会感谢我认出了他脱俗的面孔在此刻
开门，满山的黑暗和虫鸣还要加上满山的苏轼
示范苦中作乐的含义

2017.5.22

2018 年日本散句

1. 常盤一丁目，光头逆风寒。12.14 东京

2. 月上寒波成，江空一鸟下。12.14

3. 遥闻火警鸣笛，寒江梦醒又梦。12.14

4. 清澄桥上得句：波光娓娓入海。12.14

5. 穿山忧雨落，登顶赋天宽。12.17

6. 三万小房顶，齐齐品日光。12.17

7. 路口整理发型女，认出上班口罩男。12.14

8. 临街齿科总闭门，汽车君子不放屁。12.20

9. 巷子深处，接骨医生叹无人接骨。12.20

10. 登高望群楼叠峦之势，落地吟红枫呛冷之诗。12.25

11. 云停三秒，山光万变。12.20

12. 碧野上青山，黄叶和雨下。12.21

13. 雨落四国百万家。12.21

14. 风低雾过岭，庙古闭山深。12.21 奥社

15. 见古楠即见空海，见空海即见大唐。12.21 善通寺

16. 细川且行且成海，六甲淡坐淡为云。12.25 大阪

17. 松尾芭蕉俳句新译：蛙跃古池入水音。12.17

小亚细亚的群山

小亚细亚的群山
无人。但也许是人们难于自我呈现

云影翻山越岭，过橄榄园、石榴园
不知该同谁打招呼

武士退伍养孩子；孩子们大了，走了
战马退伍干农活，化入单调的风景

时间，就是苍蝇的嗡鸣
它们传宗接代也得有亿万年时光

群山静默，拱出小亚细亚的形状
仿佛要证明那些古代史书并非完全虚构

我已走出了司马迁的视野
我已走到张骞不曾到过的地方

而山坡上的乱石
曾经是公元前的图书馆

突厥语的月亮送走拉丁语的月亮之后
来自新疆的阿凡提就死在了 Akshehir

他捣蛋的智慧和幽默
或许埋在一棵无人认出的树下

树上的鸟儿、树下的人
活着，仿佛只是一小会儿

羊长大为了被吃掉，不丢人
鸡长大为了被吃掉，不可笑

大寂静鼓励冒险家们冒险到死
并且死成普通人

说起棉花堡热泉的神效
没到过那里的冒险家们比当地人更夸张

生活避开荒凉或者开辟荒凉
群山记得一切仿佛忘了一切

傍晚的河水忘了阳光的曾经
一转过山脚，忽地就凉了

2017.6.6

内　部

一块石头的内部还是石头以及对地壳运动的记忆
一块砖的内部还是砖以及对火的记忆或者遗忘

一朵花，开放的花，没有内部，就像雨，没有内部
而一粒种子的内部是四季，是生长的欲望

一只苍蝇的内部是我不认识的血肉
一只鸡的内部是脏器、血管、肉和骨头以及对灵魂的呆滞

一个人的内部或者是一只老鼠或者是一条龙
一个人的内部或者是一座村庄或者是一泡尿一坨屎

一个人的内部肯定是黑暗的，没有星光
一个人的梦想渐渐消失在他的内部

一群人的内部还是人，一群人的内部还有高山和峡谷
一群人的内部，过去没有，但现在有了，是一座银行

一座银行的内部坐着一个行长，有时他也变成
一个囚犯，一个教师，一个演员，一个司令

但一个细胞的内部是一个宇宙，它并不起源于爆炸
但一个病毒的内部是咯咯笑的魔鬼

就像一场人间灾难的内部是心机，是误判，是愚蠢
或者一口气的内部是惊慌，是悲伤，是死亡。

2020.5.10

古风：悼念胡续冬

化了妆的新冠病毒还在附近徘徊。
塔利班顶着世界的不看好开进喀布尔。
消息传来：没胡子的胡子去了！
我阳台上铁瓮中的荷花杆顶起小骨朵。

关于诗歌与非诗歌的辨认、
关于魏晋鲁迅、古希腊福柯的讨论、
他的荤笑话、他的抢在人前的咯咯笑，
在小风中时断时续。

他带走了他的影子和一些他人的影子。
古离别落实在妻子、女儿及众猫咪身上。
生命的秘密揭开，其中不乏严肃。
所有的秘密都包含疼痛。

2021.8.23

虎年觉悟

1

虎年开始，老虎到来——作为一个词；
老虎睡在小朋友的动物园——作为一种野兽。
把喵喵叫的猫喂成一只咆哮的老虎如何？
没有老虎，舍身饲虎的僧人久矣不现。

2

从众鸟的粪便中分辨出乌鸦的粪便不容易但有可能。
从强盗的黄金中称要出君子的黄金恐怕根本没有可能。
从我的无动于衷进入他人的不安需要一个觉悟。
从我身体中发出的所有声音都是我应该发出的声音。

3

撒尿，已经获得诗意：

有人写到过撒尿　在旷野中。

但拉肚子还没有获得诗意：

拉肚子在旷野中　也不行。

4

为一个并不稀见的悲伤故事流泪我不好意思。

但阳光并不关心、万木并不在乎我的不好意思。

没有自我的阳光照耀大地而不自知。

向着永生生长的万木早已脱却低级趣味。

5

扫地，似乎某事临近。

洗衣，似乎某事临近。

某事是何事？我不知。

以为某事是某事，总不是。

2022.2.2

唯　我

　　——为姜杰展览而作

唯我劳神，费神，出神，入神，又走神

唯我糊涂不觉得难得

唯我跟不上自己时否定一切我

唯我把先锋理解为有价值的胡扯

唯我叮叮当当地存着在着

唯我率领历代锅碗瓢勺噼里啪啦地奔跑向今朝

唯我敞开胸襟对风说"请进"

唯我不小心踩住了浮云

唯我打开了知了的胸膛取出一个夏天

唯我一万次跃起品尝屋檐落下的十万颗水滴

唯我呼唤滚过屋脊的星宿，我的邻居

唯我认得猎户星座

唯我步下深渊，令时间作废

唯我登上峰巅，迎接大鸟的坠落

唯我闻到了臭虫的自然之香

唯我啃着失眠的石头

唯我舔着草叶上迷路的花粉就迷路了

唯我向往加入大海里的虾兵蟹将就广阔了

唯我安静如正午的旗杆

唯我咽下唾沫时怀疑我咽下的不是自己的唾沫

唯我认同尘土的覆盖，覆盖，覆盖

唯我在纸上画下一间房、一个小区、一座城市

唯我瑟瑟发抖于狗的死、鸟的死、人的死

唯我把过山车坐了一遍又一遍

哎呀，唯我撞上了南墙

唯我贴着铜墙铁壁试图给它温度

唯我澎湃，爱上不会飞翔的男人和女人

唯我相信肉连着骨头

唯我灼伤而找不到治疗的偏方

唯我腰疼，颈椎疼，准确知道腰和颈椎的位置

唯我以为来到我脚边的老鼠肩负使命

唯我崩溃于酒力的歌哭

唯我的可有可无必不可少
唯我理解市井喧嚣里一把空椅子的孤独
唯我管自己的影子叫"姐姐"
唯我拿不准先人雅训的含义可该说的还得说

唯我取下树枝上的戒指
唯我抠出猩猩的鼻屎惹得它怒火中烧
唯我掰开馒头祈祷下一个丰收
唯我在二十五点出发之前面对万物开始点名

唯我旋转到晕眩感觉三千个影子与我一同晕眩
唯我在一二一中迈错脚步
唯我羞于说出我的来历
唯我扭头接纳你神秘的目光，哦

2019.11.7

梦想着灵魂飞扬的文字

1

我藏起来的钱，终于找不到了。于是我拒绝搬家。

我手机里死者的电话号码是该删掉还是保存？

在心中的庭院，我顶着三十年前的寒风与故人争论。

2

老鼠终于沿墙壁里的暗道来到我家。我家有剩饭菜，但不是
　　为老鼠准备的。

去年枝头的鸟雀是否今年的鸟雀没人知道。去年的鸟啼与今
　　年的鸟啼没啥区别。

我听到一千七百年前傻鸟和聪明鸟的多声部啼鸣。

3

当祢衡被曹操谪为鼓吏，当张翰临秋风而思鲈鱼，

不要脸的人得到了幸福。不要脸的人得到幸福以后开始要脸。

我承认我有时糊涂。糊涂时忘了脸这回事。照镜子可以修补
  灵魂。

4

另一个我决心做一个不要脸的人，就像三十年前我决心做一
  个坏人。

另一个我亢奋，疯狂，雄起，逼迫我审视无奈、无聊和无力。

另一个我被他玩着的狗熊玩死，当我变成一头狗熊围着一棵
  大树转晕。

5

保持自我的盲目性——听起来像高调，呀呀也只好如此。

越来越大的噪声，越来越少的理解。——在乎就是屈服。

跟在我身后的人离我越来越远。我把走在前面的人跟丢了。
　　停下来，喘气。

猛听见六十亿人同声喘气；猛看见三千大千世界像三千个大
　　个姑娘好有趣！

6

人过五十就不要谈论孤独了。不符合经验与身份。

没有到来的人就不要来了。戈多也不要来了。

磨剪子磨刀的师傅同时也磨练了耐心，可是他已经不再被需
　　要了。

美国人惊慌失措，中国人渐入佳境，阿猫阿狗如我也赶上了
　　三千年未有之大变局。

7

从未见过号码 8888 的钞票。月亮干净的夜晚，银行内鬼乐
　　无穷。

数钱，土鳖的快乐。边数钱边怀旧，土鳖的大快乐。

踩进微信支付的时代，但微信支付买不下做微信支付的公司。

嬉皮中混着青年乔布斯，朋克中混着退休的马云。

8

把竹子种在 5G 的时代？竹子壳手机、竹子壳手表：环保的
　　新主意。

把竹子种在别人空宅里的王徽之在今人看来是得了强迫症。

风流啊，但国家不需要。游手好闲之徒与区块链势不两立。

穿汉服的小哥哥、小姐姐们没有一个觉得自己是鬼的亲人。

9

小混混不知所措不是因为他参见女神，而是因为他忽然面对
　　太多的女神。

我儿时的一本正经最终毕业于网络天堂里的浑笑话和负面新闻。

怀旧，怀念到过的村庄：母牛下小牛，我最初的记忆。

怀旧，怀念到不是自己的时代。想见见杀虎斩蛟的周处革面
　　洗心。

10

变重的身体。梦是轻的。大局就是窗外的一切。

不适应噩梦越来越少。美梦也越来越少。遂踮脚进入他人的
　　噩梦和美梦。

一间屋子。我走错门了吗？另一间屋子，我走错门了吗？

我屋子里的鬼魂请滚出去。岌岌可危的进化论依然在窃窃私语。

11

梦里梦外，向曾经的同道鞠躬。他再次出现是在他的遗像里。

曾经的死党，五分钟的交情，永恒的江湖。

虽然后来大家分道扬镳，但还是老哥们。相忘于江湖无妨共
享一个世界。

我也正在与自己分道扬镳。管闲事的人都去了哪里?

12

我读到：嵇康在树下打铁。我想象：嵇康初学弹奏《广陵散》
时的精神贯注。

静止的空气。三千跪地的太学生。哭声。他的认真的死。大
寂静。

风过耳。老样子的青山。水又活过来。

声无哀乐：一个人，一条真理的发现。足矣。

13

当坟墓里的王璨听见故友的驴鸣，当何晏服下五石散，

我被要求谈谈诗歌的未来。管闲事的人管到诗歌头上！

不读不懂反讽的人写的诗，可以做到。不给任何人捧场，只
　　是个想法而已。

不辨别真理和谎言的人不会玩反讽。一脸真诚的人不好欺负
　　但好欺骗。

14

当阮籍在苏门山中长啸，当阮门宗亲与群猪共饮，

广场舞大妈们分帮分派，斗舞如街头少年，谁也不服谁。

而当年，她们也曾同振臂，同高呼。我曾几乎爱上她们中间

　　最高的嗓门。

从理想而害羞到不知羞耻。人生的高调渐渐降低。

15

伸着兰花指，把居民楼装点成幼儿园。她们很满意。

用五颜六色的花纸和插花的酸奶瓶装点21世纪。她们很满意。

布告栏里防火防盗告示贴在国家政策、交通法规旁边，几乎

　　像犯上作乱。

我打算开办审美训练班的计划被领导否定。

16

后现代主义大众文化理论解释不了大众审美，就随它去吧。

新时代的大众审美里混合着三千年市侩的高雅。但正能量总

　　不至害人。

新时代的小偷们在寻找下手的机会。

而旧时代的间谍潜伏下来，成了一脸慈祥的五保户，偶尔关
　　心国家大事。

17

通达于人事有代谢的歌唱飘飞成往来成古今的风声。

梦想改造世界的青年们何其可爱因为他们每天早晨起床都显
　　得煞有介事。

大爷大妈们走向地平线是命运不是诗意。

一千八百年前管宁与华歆割席时他们都很年轻。

18

老母亲信奉集体力量的结果是加入了居委会，以便遇事得个
　　照应。

她为即将远行的孙子翻出自己的青春照，以 1960 年代的颐
　　和园布景为背景。

靠勤俭节约走到今天真实不易。随大溜改天换地至少能驱逐
　　忧郁。

现在她老了，只担心疾病。我喊"妈呀"喊的就是她。

19

大狗蒙哥走到灌木旁拉不出屎来改撒尿。把我气笑了。

老靳每天背一段日历上的《论语》，然后将这一日撕去。令
　　我吃惊。

烦闷的人，站在马路边看风景。看见树枝在冬天格外抒情。

1970 年代后期第一批玩摩托的到如今已经一个不剩。

20

手，洗两遍，才踏实；汽车，锁两遍，才离开；

但锁不需要开两遍。忽然想念起那个从不锁门的朋友。

我记得 1980 年代的一切，但假装不回忆。虽不是政协委员，
  但我顾全大局。

21

白云和乌云翻转在天空，爱怎样怎样，谁也管不了。

白云和乌云对屋里赤条条的醉汉刘伶的丑态无动于衷。

我滴酒不沾，幸亏可以自嗨。翟姐可以作证。

邻居安静得好像不存在，除了在吵架的时候。这鼓励我无耻
  地梦想灵魂飞扬的文字。

22

冷就让它冷死吧，热就让它热死吧。习惯了，就像习惯于周
  身的螺丝都松了。

圣人不知寒暑还是不畏寒暑？北方的圣人在南方淋雨发霉，
  没有一句抱怨。

我曾经在零下 39 度的小镇上来回奔跑，以免冻僵。我活了
　　下来。

23

零下 14 度，我把汽车发动起来。上路。

红灯和绿灯这是我的生活；咒骂乱穿马路的人这是我的变质。

迎面撞来的汽车里司机睡着了。我急忙闪躲，让后面的车辆
　　与之相撞。

我停车，下车：我是车祸的见证人，就像我是时代的见证人。

24

石崇家用蜡烛煮饭，这是有钱人作死而死期将近。

战乱，卫玠南渡，在建康被大呼小叫的男女看杀。

带着《世说新语》我登上和平的空中庭院。阳光灿烂，银河

不见。

我摘下墨镜制止那个大声说话的人：空中的诸神从不大声说
话，除非抛掷雷霆。

2019.1.23—11.6

沉思天堂

悲天悯人者

乐于将天堂

设想为穷人的地盘，

但那不是贫穷之地

而是有益灵魂的

富足之地。

悲天悯人者所说的穷人

肯定不包括

贫穷到只剩下兽性的人。

如果天堂也需要管理者，

那他必是伟人；

他会拒绝

其他伟人入内；

而其他伟人

只好去发动另一些穷人

去另辟天堂，

为此人间的争斗

此起彼伏。

2022.1.12

后　记

　　人民文学出版社在 1999 年出版过一本《西川的诗》。该书实际上是 1997 年人文社《西川诗选》的再版，只是改换了书名，作为那时刚刚创设的"蓝星诗库"丛书的一种。而《西川诗选》则编成于 1996 年。

　　现在回头看，那时的我对诗艺的理解还属于初级阶段，尽管那时我已开始改变写作路数，从一种文雅的、保守的、庄重的、象征的、高蹈的、形式上相对整饬的写法，向一种开放的、有些野蛮的、容纳杂质的、容纳思想、历史、悖论、反讽、幽默的写法转变，但这种转变一开始主要表现在我的长诗写作中，短诗写作面貌上的改变当时还没有那么明显；换句话说，我当时对如何在短诗中容纳当代生活，还没什么把握。

　　但令后来的我颇感头疼的是，那本只包纳了我早期短诗写作的《西川的诗》，在许多人眼里居然成了我的代表性诗集。近三十年来，诗集的出版和发行总是存在诸多不如人意之处：尽管后来我又出版了《深浅》《个人好恶》《够一梦》《接招》等其他诗集，但大多数读者还是以 1999 年版《西川的诗》

所收作品作为我的标准写作风格，并且似乎不允许我再发展出新的风格。

我在网上读到这样的说法：西川后来越写越差！或者，西川退步真快呀！而我的自我判断却是：幸亏我后来转变了写法，否则我就是一个断绝了诗艺和思想进步的人。困惑、不快、发现和发明推着我走到今天，我现在对诗歌的理解与1980年代、1990年代初，差别巨大。我之所以写成今天的样子，既不是为了在智力上自我原谅，也不是为了讨好流行趣味。

读者朋友们从正面或者反面咬住1999年版《西川的诗》不放的原因，我想可能有几条：1.1999年版《西川的诗》人文社在编辑和发行方面做得好，这得感谢当时的编辑王清平和王晓；2.该书符合一般趣味保守的诗歌读者对所谓"诗歌"的认知和想象，亦即，人们从阅读出发，感受不到诗艺本身对诗人的诱惑和要求；3.现代汉语诗歌的主要读者大多是文学经验、社会经验、历史经验有限的年轻人，而1999年版《西川的诗》的作者恰好也是个年轻人。

我在网上还见到过有人据这本诗集对我做出的另一个批评，认为我是一个"西化"的诗歌作者。对此，作为《唐诗的读法》和《北宋：山水画乌托邦》的作者，我不想具体回应。我自己对诗艺的看法并非一成不变。另外，可以把中西问题延伸开来看：我们不能把自己不认识的东西不假思索地称之为外来的东西，因为很可能外国也没有这样的东西。我们对自己的原创性工作就这么没有自信吗？我们自己的生活在这个世界上还不够独特吗？这种独特的生活不要求真正与之对称的语言方式和艺术形式吗？

现在人民文学出版社决定再版"蓝星诗库"中一些早年出版的诗集，于是我便获得了修订1999年版《西川的诗》的机会。与1999年版相比，这本修订版的《西川的诗》"更是"《西川的诗》。读者若不认可，我也没有办法。在过去的几十年中，中国的变化有多大，我本人的变化就有多大。

最后需要说明的一点是，现在这本《西川的诗》只是一本短诗选。短诗写作大概只耗费了我五分之一的精力，我的另外五分之四的精力花在长诗写作、随笔写作、翻译、中国古代诗歌和绘画的研究上，除此之外，我还参与许多跨界艺术工作。

西　川

2022年11月5日